Das Geschenk

Alina Bronsky

Das Geschenk

edition ❖ chrismon

Bibliografische Information der Deutschen Nationalbibliothek: Die Deutsche Nationalbibliothek verzeichnet diese Publikation in der Deutschen Nationalbibliografie; detaillierte bibliografische Daten sind im Internet über http://dnb.d-nb.de abrufbar.

© 2021 by edition chrismon in der Evangelischen Verlagsanstalt GmbH · Leipzig
Printed in Germany

Das Buch wurde auf alterungsbeständigem Papier gedruckt.

Coverabbildung: Orlando Hoetzel, Berlin (Illustration), lisel24/Pixabay.com (Hintergrundbild)
Cover: Anja Haß, Leipzig
Satz: Formenorm · Friederike Arndt, Leipzig
Druck und Bindung: CPI books GmbH

ISBN 978-3-96038-296-6 // eISBN (PDF) 978-3-96038-297-3
eISBN (E-Pub) 978-3-96038-298-0

www.eva-leipzig.de

Vielleicht wäre alles anders gekommen, wenn nicht Kathrin, sondern ich ans Telefon gegangen wäre. Kathrin konnte grundsätzlich nicht Nein sagen, ich dagegen sehr wohl, wofür es jetzt allerdings zu spät war, da sie bereits Ja gesagt hatte. Ihr war wichtig, dass andere sie für einen guten Menschen hielten.

„Wir können immer noch absagen und auf eine Insel fahren", hatte ich ihr in den Stunden nach dem Telefonat immer wieder vorgeschlagen.

„Das geht nicht. Wir haben es ihm versprochen."

Du hast es ihm versprochen, dachte ich. Du allein. Mich hast du streng genommen nicht einmal gefragt.

„Ich hatte keine Wahl", verteidigte sich Kathrin. „Die Vorstellung, dass er allein da sitzt, sein altes Telefonbuch durchgeht und dann ausgerechnet uns anruft ..."

„Ich hätte einfach gesagt, wir haben schon gebucht."

„Das wäre aber gelogen."

„Das hätte er aber nicht gewusst."

„Ich kann nicht lügen." Sie war auch noch stolz auf sich. „Komm, vielleicht wird es sogar schön."

„Glaubst du das wirklich? Und du behauptest, nicht lügen zu können?"

Sie blieb dabei: Es könnte schön werden. Nordhessische Kuhweiden statt Wellen und weißem Sand, der angemessene Preis für das gute Gefühl, zuverlässige Freunde zu sein.

„Wir können nicht immer nur an uns denken." Aus purer Nettigkeit verzichtete sie darauf, die zweite Person Singular zu benutzen.

Ich dachte durchaus gern auch einmal an mich. Jahrzehntelang hatte ich um die Weihnachtstage herum meine persönliche Opferwoche vollbracht: Baum bestellen, abholen, aufstellen, Gans bestellen, abholen, zubereiten. Zerstochene Hände, müde Beine vom ewigen Schlangestehen mit all den anderen Weihnachtswahnsinnigen. Mit den Geschenken hatte ich immerhin nichts zu tun, die waren Kathrins Aufgabe. Ich war fürs Essen zuständig, für die ellenlangen Listen und die vollgepackten Einkaufstüten, als gälte es, ein halbes Dorf durchzufüttern und keine vierköpfige Familie plus gelegentlichem, handverlesenem Besuch. Die drei Feiertage verbrachte ich größtenteils in der Küche.

Die Familienlegende wollte es so, dass ich das weihnachtliche Kochen liebte. In Wirklichkeit war es eine Flucht: Ich machte auch gern einmal die Küchentür zu und träumte davon, dass die Festtage endlich vorübergingen und ich mit einem der geschenkten Bücher in meinem Sessel zusammensacken konnte.

Dieses Jahr hätte es das erste Weihnachtsfest ohne Kinder, ohne Baum, ohne Verpflichtungen werden sollen. Kathrin hatte es vorgeschlagen, ich war erstaunt gewesen, hatte aber sofort gedacht: Je weniger, desto besser. Der Zeitpunkt schien perfekt: Die Kinder waren erwachsen, aber noch keine Enkel in Sicht. Kathrin wollte über die Feiertage zu zweit verreisen, und zwar ursprünglich nicht nach Nordhessen. Dann aber hatte Klaus angerufen, und sie war ans Telefon gegangen.

„Wann haben wir ihn überhaupt das letzte Mal gesehen?" Wir saßen schon im Auto, ich konnte mich immer noch nicht einkriegen. Ich war im Gegensatz zu Kathrin kein netter Mensch.

„Vor etwas weniger als vier Jahren." Sie hatte eine Engelsgeduld. „Bei der Beerdigung."

„Warum haben wir seitdem nichts mehr voneinander gehört?"

Kathrin zuckte mit den Schultern. „Weil du dich nicht bei ihm gemeldet hast."

„Ich hab sicher mal angerufen."

„Klar, bestimmt."

„Nein, wirklich."

„Ich glaube dir", sagte die Frau, die von sich behauptete, nicht lügen zu können. In Wirklichkeit konnte sie es einfach nicht so gut – warum versuchte sie es dann immer wieder?

Tatsache war, dass wir bereits in den Jahren vor Almuts Tod nicht mehr so viel Kontakt miteinander gehabt hatten. Dabei hatte es mindestens ein

Jahrzehnt gegeben, in dem Klaus und Almut fest zu unserem Leben gehört hatten. Ich kann heute nicht mehr sagen, ob wir uns damals besonders gemocht hatten oder ob es einfach passend gewesen war: jeweils zwei Kinder im gleichen Alter, die gut miteinander auskamen, und vor allem ähnliche Vorstellungen von gelungenen Abenden und Reisen. Wir waren zusammen im Skiurlaub gewesen, wir hatten Silvester gefeiert, es war alles so lange her, dass es schon wieder unwirklich schien. Ich sah Kathrin an, dass auch ihr der Entschluss, eine gute Freundin zu sein, ganz schön viel Kraft abverlangte. Wir hatten den Kofferraum mit Essen voll („Klaus soll jetzt nicht auch noch für uns alle einkaufen müssen"), wir hatten warme Klamotten eingepackt („Ist ja bisschen rau dort"). Ich hatte drei Bücher dabei, entschlossen, die Tage lesend zu verbringen. Als wir von der Autobahn auf die Landstraße herunterfuhren, begann Kathrins Nasenspitze blasser zu werden. Graubraune Felder, kahle Bäume, dazwischen düstere Tannen zogen an uns vorüber. Es begann zu nieseln.

Ich tätschelte Kathrins Kopf. „Wird schon. Wie hat er eigentlich am Telefon geklungen?"

„Schwer zu sagen", sagte Kathrin. „Wie früher. Glaub ich."

Wir fuhren durch die Dörfer. Hier und da standen vereinzelte Kühe im Regen und schauten uns entgegen. Dann wieder eine Schafsherde, die sich gegen die Kälte zusammendrängte. Die Ortsnamen wurden skurriler, die Lichterketten in den Fenstern und Vorgärten blinkten in einem Rhythmus, der mein Herz zum Stolpern brachte.

„Warum eigentlich ausgerechnet hier?"

„Hör auf, an allem herumzumeckern!", schrie Kathrin ohne Vorwarnung los. „Ich kann auch nichts dafür. Ich hab's mir nicht ausgesucht. Es ging nicht anders. Und ich glaube, es ist das Haus von irgendwessen Eltern. Seinen oder Almuts oder was weiß ich."

„Waren wir hier nicht schon einmal gewesen, 1987 oder so?"

„Keine Ahnung." Kathrin sprach wieder mit ihrer fast normalen Stimme.

Der Regen wurde stärker. Das Navi lenkte uns durch ein kleines Dorf, das so tot wirkte, dass es nicht einmal Weihnachtsdeko gab, über die wir uns hätten lustig machen können. Einige Häuser hatten zugenagelte Fenster. Wir fuhren an einer Bushaltestelle vorbei und nahmen eine scharfe Abbiegung auf einen unasphaltierten Weg. Der Kies knirschte unter den Rädern.

Es war eine merkwürdige Straße mit mehreren so neu wie verlassen wirkenden Häusern. Wir hielten vor dem letzten, das sich durch die kleine Anhöhe trotz der Flachbauweise ein wenig über die anderen erhob.

„Nein", sagte Kathrin zweifelnd. „Ich glaube nicht, dass wir hier jemals Silvester gefeiert haben."

Das Grundstück war groß und leer, wenn man das leuchtende Rentier nicht mitrechnete, dessen Umrisse neonblau blinkten. Über dem Ganzen ragte eine einzige, riesige Kiefer. Der Boden war mit Nadeln und Zapfen übersät. Die Fenster des einstöckigen Bungalows waren beleuchtet.

„Ist das sein Rentier?", Kathrin reckte den Hals, und ich konnte zusehen, wie ihr Mut sank. „Ist er vor Kummer verrückt geworden?"

Wir holten unsere Reisetaschen und die Kiste mit den Lebensmitteln aus dem Kofferraum und gingen über vergilbte Tannennadeln auf den Eingang zu. Wir liefen langsam, und ich rätselte, ob Kathrin auch gerade daran dachte, dass wir immer noch ins Auto steigen und wegfahren konnten. Inzwischen war mir auch egal, wohin.

Die Tür des Bungalows wurde aufgerissen, und ein kläffendes, schmutzigweißes Knäuel raste auf uns zu. Kathrin schrie auf und versuchte sich hinter mir zu verstecken. Ich trat nach dem Tier, traf es aber nicht.

„Rex, komm her!" Ein Mädchen rannte aus dem Haus und versuchte, das Knäuel einzufangen. Kathrin und ich warteten wie erstarrt, während die beiden um uns herumwuselten. Das Mädchen schaffte es nach drei Runden und hob das Tier hoch, drehte uns ihr gerötetes Gesicht zu. Sie hatte eine Trainingshose an, ihr Haar war blond mit vereinzelt rosa gefärbten Strähnen.

„Hi. Cool, dass ihr da seid. Rex beißt nicht."

Kathrin und ich wechselten Blicke. Ich sah ihr an, dass sie genau wie ich gerade versuchte, sich zu erinnern. Unsere Tochter Johanna war vor zwei Monaten sechsundzwanzig geworden. Klaus' und Almuts Tochter – der Name war mir natürlich entfallen – dürfte nicht viel älter sein. Kathrin wusste beides bestimmt noch, weil wir auch Kindergeburtstage zusammen gefeiert hatten. Ungünstig, dass sie mich in dieser Frage nicht gebrieft hatte. Die Kinder von Almut und Klaus hatten wir nach meiner Erinnerung zuletzt bei der Beerdigung gesehen. Ich hätte sie nicht mehr auf der Straße erkennen können, was mir jeder verzeihen musste: Meine Prosopagnosie, die Unfähigkeit, mich an Gesichter zu erinnern, war inzwischen ärztlich bestätigt worden. Dennoch verursachte die ganze rosa-blonde Erscheinung bei mir eine kognitive Dissonanz, die leichte Übelkeit auslöste.

Ich dachte schicksalsergeben, dass Kinder anderer Leute sich manchmal geradezu schockierend veränderten.

„Ich bin Sharon", sagte das Mädchen mitten in meine Nostalgie hinein. „Die Neue von Klaus. Und Sie müssen Kathrin und Peter sein."

Kathrin bekam einen Hustenanfall. Sie konnte gar nicht mehr aufhören. Sie bückte sich, stützte sich auf den Knien ab. Ich klopfte ihr auf den Rücken. Das Mädchen sah geduldig zu.

„Wasser?", fragte sie irgendwann. Kathrin richtete sich auf, ihr Gesicht war knallrot.

„Geht schon", krächzte sie. „Hab mich verschluckt."

„Dann kommt doch rein. Das Wetter ist scheiße." Das Mädchen packte eine unserer Reisetaschen und marschierte voran. Wir folgten ins Haus, direkt in eine Wohnküche mit Sitzecke, Fernseher und zwei im rechten Winkel zueinander aufgestellten Sofas.

Kathrin ließ sich auf eine davon sinken und drückte sich die Hand gegen den Hals. Das Mädchen setzte unsere Tasche und den Hund ab.

„Geht's wieder?"

„Ja. Immer noch verschluckt."

Kathrin machte es mir mit ihrem rot angelaufenen Gesicht leicht, im direkten Vergleich souverän zu wirken. Das Mädchen brachte ihr ein Glas Wasser und griff wieder nach unserem Gepäck.

„Das Haus ist voll klein. Hier ist das Klo." Sie stieß mit dem Fuß eine Tür auf. „Hier ist Ihr Schlafzimmer. Und hier schlafe ich mit Klaus."

„Nett", sagte ich, weil Kathrin immer noch, ganz untypischerweise, schwieg. „Herrlich gemütlich, die Hütte."

„Na ja", sagte das Mädchen. „Klaus meinte, Sie hätten hier schon mal Silvester zusammen gefeiert."

„Das muss aber irgendwann vor Ihrer Geburt gewesen sein."

„Ich bin nicht so jung, wie ich aussehe."

Ich blickte ihr nach. Ich hätte sie gern genauer betrachtet, aber sie blieb wie ein Quecksilbertropfen immer in Bewegung. Angesichts der Enge des Hauses legte sie eine erstaunliche Dynamik an den Tag. Ihr Hund, dem ich erst ebenfalls Hyperaktivität unterstellt hatte, hatte es sich dagegen auf der Couch neben Kathrin bequem gemacht und verfolgte die Schritte seiner Besitzerin aus dunklen Knopfaugen.

„Wo ist eigentlich Klaus?"

„Der besorgt noch was. Eine Überraschung."

„Noch eine Überraschung?" Kathrin richtete sich schwer atmend auf.

Klaus kam, als wir am Tisch bei Früchtetee und selbst gebackenen Plätzchen saßen, die ich aus unserer Kiste geholt hatte. Der Hund war von der Couch heruntergesprungen und rotierte kläffend vor der Tür. Draußen die schweren Schritte auf dem Fußabtreter. Ich hätte es für möglich gehalten, dass jetzt gar nicht Klaus reinkäme, sondern ein völlig anderer Mensch, und mein Problem wäre gewesen: Ich mit meiner Gesichtsblindheit hätte den Unterschied womöglich gar nicht gemerkt.

Deswegen fixierte ich Kathrin, um an ihrer Reaktion ablesen zu können, ob wir hier richtig waren. Die Anspannung in ihrem Gesicht war fast schon unhöflich. Sie hatte seit der Ankunft immer noch nicht die Worte wiedergefunden, so dass ich ganz untypischerweise für Unterhaltung am Tisch hatte sorgen müssen, während ich das Mädchen auf Zeichen ihres möglichen Alters scannte. Mal kam sie mir wie eine Abiturientin vor, dann runzelte sie die Stirn, und ich zählte die Falten.

„Leute!" Klaus kam herein, stellte eine große Einkaufskiste ab. „Ihr seid ja schon hier. Hab das Auto gesehen. Ach, Mensch. Kommt her."

Kathrin sprang auf und schmiss sich Klaus um den Hals. Das Mädchen legte den Kopf schief und sah aufmerksam zu. Kathrin ließ Klaus los, trat einen Schritt zurück, wischte sich mit dem Handrücken über die Augen. Klaus strecke mir die Hand entgegen.

„Mann, Peter. Hast dich kaum verändert."

Ich war nicht sicher, ob es als Kompliment gemeint war. Ich hatte einmal zwanzig Kilo mehr gewogen, bis Kathrin es vor zwei Jahren mit einer Ernährungsumstellung versucht hatte. Klaus selbst sah kräftig und irgendwie fast schon unanständig munter aus. Ich hätte schwören können: Wenn Kathrin geahnt hätte, wie gut er in Wirklichkeit aussah, hätte sie eventuell zweimal überlegt, ob sie immer noch ein guter Mensch sein wollte. Klaus' graues Haar war für meinen Geschmack einen Tick zu lang, die Jeans einen Tick zu eng. Die Wanderschuhe trieften von Matsch.

„Ihr glaubt gar nicht, wie viel es mir bedeutet, dass ihr hier seid." Klaus drehte sich um, angelte nach dem Mädchen und drückte sie an sich. „Ihr habt Sharon schon kennengelernt."

Er war einen Kopf größer als sie. Sie lehnte sich gegen ihn und lächelte uns entgegen.

Ist sie überhaupt schon volljährig?, dachte ich. Plötzlich wusste ich, an wen sich Kathrin erinnert fühlen konnte. Meine Hand rutschte unwillkürlich in die Tasche und überprüfte, ob mein Telefon auf lautlos gestellt war.

Klaus stellte die Kiste schnaufend auf dem Boden ab. „Ich hab bisschen Zeugs mitgebracht. Ist ja Weihnachten."

Sharon quietschte vergnügt.

„Für'n Baum ist hier zu wenig Platz. Ich hab meiner Süßen natürlich versprochen, dass sie es hier schön machen kann. Sie steht auf das Gedöns. Ich mach mir selbst nichts aus Deko, aber sie meinte, für euch soll es schließlich auch weihnachtlich werden."

Kathrin unterdrückte einen Seufzer. „Wir haben noch nie Weihnachten zusammen gefeiert, kann das sein?"

„Denke nicht. An solchen Feiertagen bleibt man ja in der Familie."

Zu Kathrins wesentlichen Charakterzügen gehörte nicht nur, dass sie ein guter Mensch war, sondern auch, dass sie Geschmack hatte. Sie legte Wert darauf, dass das zum ersten Eindruck gehörte, den Menschen von ihr bekamen. Ein mögliches Missverständnis bezüglich ihres Geschmacks hätte sie nachhaltig unglücklich gemacht. Unser Heim war minimalistisch eingerichtet, und ich wäre ein Narr gewesen, hätte ich mit Kathrin jemals über irgendwelche Vasen und Stoffmuster diskutieren wollen. Weihnachtsengel, Blattgold und Glitzer kamen grundsätzlich nicht vor. In den letzten Jahren hatten wir eine Krippe aufgestellt, die aus unterschiedlich geformten Naturholzklötzchen bestanden hatte, für viel Geld einem mir unbekannten Künstler abgekauft. Jetzt sah Kathrin versteinert zu, wie Sharon Lametta auspackte.

Klaus legte mir seine Pranke auf die Schulter. „Sollen die Mädchen sich hier drin austoben. Ich gehe mal mit Peter vor die Tür, okay, Schnuckel?"

„Rauchen?!" Sharon riss den Kopf hoch, ihre Augen versprühten Blitze.

„Du hast doch die Zigaretten weggeschmissen." Klaus lächelte beschwichtigend und zog mich am Ellbogen aus dem Raum.

Der Regen hatte aufgehört. Die Spitze der Tanne bog sich im Wind. Wir gingen ums Haus herum, blickten auf eine verlassene Weide. Am Horizont rotierte ein halbes Dutzend Windräder. Mir fiel wieder ein, als wäre es erst gestern gewesen, dass ich noch nie gewusst hatte, worüber ich mit Klaus eigentlich reden sollte. Ich hätte am liebsten nach Kathrin gerufen, aber sie musste wohl gerade helfen, Lametta um die Stehlampe zu wickeln und Glitzerengel aufzustellen.

Ich fand mein eigenes Schweigen unmöglich. Ich musste unbedingt etwas sagen. Ich musste Klaus fragen, wie es ihm ging, wie er die letzten Jahre überstanden hatte. Wahrscheinlich musste ich mich auch dafür entschuldigen, dass wir uns so rargemacht hatten. Die Dinge, die mich wirklich interessierten, durfte ich nicht fragen.

Klaus hatte sich auf den Zaun gestützt und blickte zu den Windrädern. Dann drehte er sich abrupt zu mir um.

„Was sagen die Kinder, dass ihr diesmal ohne sie feiert?"

„Nicht viel", antwortete ich überrascht. „Johanna ist bei der Familie ihres Freundes eingeladen, da ist viel los, für sie ist es okay. Jonas hatten wir zum zweiten Staatsexamen eine Reise geschenkt."

Nun musste ich mich im Gegenzug nach seinen Kindern erkundigen. Ihre Namen wollten mir nicht einfallen, so sehr ich mich auch anstrengte. Ein Junge und ein Mädchen, beide blond. Einer der beiden hatte mal ständig Wutanfälle wegen der falschen Eissorte. Inzwischen waren sie, wie Johanna und Jonas auch, alt genug für eigene Kinder.

„Und wie geht's euren?", fragte ich schließlich. „Wie kommen sie mit der Situation zurecht?"

„Mit *der* Situation?" Klaus nickte in Richtung Haus. „Was denkst du denn?"

„Nun ja", sagte ich.

„Sie kommen gut zurecht", sagte Klaus mit plötzlicher Schärfe. „Am Anfang war es ... unterschiedlich. Sharon wird meist unterschätzt."

„Das kann ich mir vorstellen", sagte ich heuchlerisch. „Wo habt ihr zwei euch eigentlich kennengelernt?"

„Im Krankenhaus. Sharon ist Krankenschwester."

„Im Krankenhaus ... wo Almut ..."

„Ja."

Ich musste meine Gesichtszüge unter Kontrolle bringen. Ich hätte nicht gedacht, dass die Geschichte dieser Feiertage, die so langweilig begonnen hatte, sich schwindelerregend schnell in eine verwandeln würde, die einem niemand glauben würde. Ich hatte trotzdem das Bedürfnis, irgendjemanden anzurufen und alles zu erzählen, nur wusste ich nicht, wen.

Ich freute mich darauf, das neue Detail Kathrin berichten zu können und ihren Gesichtsausdruck dabei zu beobachten, ihre entsetzt geweiteten Augen, die zusammengerückten Augenbrauen. Das ratlose Kopfschütteln, den leicht angeekelt verzogenen Mund.

Im Gegensatz zu ihr hielt ich mich für keinen guten Menschen. Nun aber, in Klaus' Gesellschaft, spürte ich den Triumph der eigenen Rechtschaffenheit. Man konnte mir so einiges vorwerfen, aber immerhin hatte ich kein Techtelmechtel hinter dem Rücken meiner todkranken Frau angefangen. Es war nicht nur unsittlich, es war auch unästhetisch. Im Vergleich dazu war ich ein Engel.

Klaus hatte sich von mir abgewandt und stemmte sich gegen den Wind, wahrscheinlich war er die Reaktion gewohnt.

„Gehen wir wieder rein?" Ich konnte es kaum erwarten, Kathrin zu sehen.

Ich fand sie auf der Couch mit der immer noch vollen Tasse inzwischen kalt gewordenen Tees. Der Raum funkelte. Sharon hatte Lametta entlang der Bilderrahmen mit hässlichen Jagdszenen gezogen und um das trockene Blumengedeck gewickelt. Von der Lampe hingen glitzernde Christbaumkugeln herab, die sich im Luftzug sanft hin und her bewegten und um die man einen Bogen machen musste, weil sie versuchten, am Pullover hängen zu bleiben. Ich schloss die Tür hinter uns und stolperte über eine Lichterkette, die sich entlang der Fußleiste zog, um dann sofort nach dem Fußabtreter den Raum Richtung Steckdose zu durchqueren.

„Ich war keine große Hilfe." Kathrin bewegte kaum ihre Lippen. „Es tut mir so leid, der Kopfschmerz bringt mich um."

„Wollen Sie eine Ibu?" Sharon hatte die leeren Verpackungen des Deko-Desasters ordentlich in einer großen Plastiktüte verstaut. Sie näherte sich Kathrin und legte ihr die Hand auf die Stirn.

„Baby, warum siezt du sie eigentlich?" Es schien Klaus erst jetzt aufgefallen zu sein.

„Ähem." Sharons Gesicht zeigte zum ersten Mal so etwas wie Verlegenheit. „Weil, äh, sorry."

Weil wir alt sind, dachte ich. Nicht umsonst hatte ich sie anfangs beinahe für eine Freundin meiner Tochter gehalten, wenn meine Tochter denn solche Freundinnen gehabt hätte. Umgekehrt gehörten wir in den Augen dieses Mädchens zur Generation ihrer Eltern. Vielleicht waren wir sogar älter, falls sie besonders junge Eltern hatte. Plötzlich dachte ich daran, dass auch für sie die Situation nicht ganz einfach war. Wer weiß, ob Klaus sie auf uns besser vorbereitet hatte als umgekehrt.

„Geht bald wieder." Kathrin rückte unter Sharons Hand weg. „Ich gehe heute einfach früh schlafen."

„Ich bin jedenfalls Peter", sagte ich, um von der Schroffheit meiner Frau abzulenken, die anderen Leuten gegenüber normalerweise unerschütterlich freundlich war. „Ich freue mich über das Du."

„Das ist nett." Das junge Mädchen streckte mir ihre Hand entgegen. Auf ihren Wangen erschienen und verschwanden zwei Grübchen.

Ich schaffte es nicht, Kathrin dazu zu überreden, am gemeinsamen Abendessen teilzunehmen.

„Ich kann einfach nicht." Sie lag ausgestreckt auf dem viel zu engen, mit ausgeblichener Frotteebettwäsche bezogenen Doppelbett, die Hände gegen das gerötete Gesicht gedrückt. „Er hat mich mit keiner Silbe vorgewarnt."

„Jetzt komm schon. Du tust so, als hätte er hier eine Leiche verbuddelt."

„Sie erinnert mich so schrecklich an irgendjemanden. Und sie könnte vom Alter her unsere Tochter sein."

„Würdest du denn wollen, dass irgendwelche alten Säcke Johanna so herablassend behandeln?"

„Johanna würde hoffentlich nie in so eine Situation kommen!" Kathrin richtete sich auf, und ich legte mir warnend den Finger an die Lippen: Dieser Schuhkarton von Haus war sicher hellhörig.

„Wo die Liebe hinfällt ...", flüsterte ich.

„Dir macht das auch noch Spaß, oder?" Ein wenig von der Eisigkeit, die Kathrin für Klaus' neues Glück übrighatte, streifte auch mich.

„Ein bisschen", gestand ich.

„Wie kann das sein?"

„Ich denke, es gibt Schlimmeres auf dieser Welt, als dass ein Witwer Trost findet."

Kathrin legte sich wieder hin.

„Ich sehe Almut vor mir", murmelte sie in Richtung Decke. „Es ist wie ein Film, ich sehe die ganzen Szenen, und ich kriege es einfach nicht zusammen. Wie konnte sie mit so jemandem zusammen sein? Ich habe das Gefühl, ich stehe vor einem Fremden. An wen erinnert mich diese Chanel bloß?"

„Sharon. Mir war nie aufgefallen, dass Almut unzufrieden war. Und dir auch nicht, jede Wette."

„Oh doch." Kathrins Augen verengten sich. „Und ich glaube, ich weiß, an wen sie mich erinnert."

„Da bin ich aber wirklich gespannt." Ich setzte mich auf die Bettkante.

Kathrin schwieg.

„Also?", beharrte ich.

„Weißt du es wirklich nicht?"

„Ich bin gesichtsblind."

„Eine ganz schön bequeme Ausrede, oder?"

„Kathrin, ich verstehe dich nicht."

Sie schloss die Augen. „Vielleicht bilde ich es mir nur ein. Entschuldige. Ich brauche einen Moment für mich."

Na toll, dachte ich. Ich hatte es mir nicht ausgesucht, hier zu sein, und jetzt wurde ich auch noch aus dem einzigen Zimmer rausgeschmissen, in dem ich mir ein wenig Privatsphäre erhofft hatte.

Ich musste Kathrin beim Abendessen entschuldigen und in ihrem Namen erneut die Kopfschmerztabletten ablehnen, die Sharon für sie bereitgelegt hatte. Wir aßen Wurstbrote und Essiggurken und tranken Bier, während das Rentier gespenstisch blau durch das Fenster blinkte. Sharon bestrich Brote mit Leberwurst und arrangierte sie neben Gurkensticks auf einem Teller, damit ich sie anschließend Kathrin ans Bett bringen konnte. Ich schaffte es nicht, ihr zu sagen, dass zwischen Kathrin und Leberwurst Welten lagen, die wahrscheinlich nicht kleiner waren als jene zwischen Sharon und Almut. Ich bedauerte es, dass meine Erinnerungen an Klaus in der alten Konstellation inzwischen so verblasst waren: Es machte direkte Vergleiche schwerer, als Kathrin behauptete. Bei alldem hatte Sharon irgendetwas an sich, was mir Schuldgefühle machte. Ich wollte versuchen, ihr gegenüber taktvoll und empathisch zu sein, wenn schon meine Frau sich so wenig im Griff hatte.

„Ich hoffe, wir müssen nicht vorzeitig abreisen", sagte ich zu Sharon und Klaus zwischen zwei Bissen.

„Hat Kathrin öfter Migräne?", fragte Sharon.

„Eigentlich nicht. Aber wenn, dann immer heftig und aus heiterem Himmel."

„Die Arme. Almut hatte das auch immer wieder, oder, Klausi?"

„Ja. Aber bei ihr waren es die Metastasen."

„Nein, ich meine, noch früher. Hast du mir das nicht mal erzählt? Als du so erstaunt warst, dass ich nie Kopfweh habe?"

Ich blickte zwischen den beiden hin und her. Ich hatte mir eine Sache vorgenommen: nicht laut in Erinnerungen zu schwelgen und Klaus auf keinen Fall auf Dinge anzusprechen, bei denen Sharon noch nicht dabei gewesen sein konnte. Ich war davon ausgegangen, dass solche Themen Sharon unangenehm waren, und die Stimmung war schon durch Kathrin genug vermasselt worden. Diese Überlegungen hatten zur Folge, dass mir kaum ein anderes Thema einfiel: Das Wetter hatten wir schon besprochen, und über Biersorten konnte ich mich nicht abendfüllend unterhalten. Almut und/oder Krankheiten hatte ich sofort auf den Index verbannt. Mein ganzes Gesprächskonzept brach krachend zusammen.

„Das stimmt", sagte Klaus und schaute Sharon mit einem samtweichen Blick an.

Sharon drehte sich zu mir und biss laut von einer Essiggurke ab. „Almut war euch eine gute Freundin, oder? Kathrin muss jetzt völlig fertig sein."

Ich verfluchte meine Frau, die sich gerade unter der Bettdecke versteckte.

„Eine sehr gute Freundin", sagte ich. Ich wusste definitiv nicht mehr, wer hier eigentlich mit wem und seit wann befreundet gewesen war. Almut musste aller Logik nach Kathrins Freundin gewesen sein, denn Klaus sah nicht nach einem alten Freund von mir aus.

„Kathrins Freundin", sagte ich schließlich. Erstens erlaubte es mir, Dinge nicht zu wissen, weil es mich sofort in eine Nebenrolle rückte. Zweitens schaffte es eine Distanz zu der ganzen Trauersache, in die sich Kathrin jetzt, nach all den Jahren, unbedingt hineinstürzen musste.

„Almut war schon toll", sagte Klaus.

„Absolut", erwiderte ich irritiert.

„Sie war vor allem voll schön", bemerkte Sharon.

„Du bist doch auch schön, Kleines", tröstete Klaus sie.

„Komm, ich bin nicht ganz so schön. Sie war schlanker."

„Vor allem gegen Ende."

Ich trank einen Schluck Bier und wünschte mir so sehr, dass Kathrin gerade an der Tür lauschte.

„Und Sie haben Kinder so alt wie Nick und Denise?"

Ich stellte mein Glas ab. Sharon wartete wie gebannt auf eine Antwort. Zugleich hatte sie mir endlich die Namen geliefert, nach denen ich die ganze Zeit in meinem Gedächtnis gekramt hatte.

Ich nickte. „Zwei Kinder, einen Sohn und eine Tochter. So alt wie Nick und Denise."

„Warum feiern Sie dann Weihnachten nicht mit ihnen zusammen?"

„Wir wollten uns doch eigentlich duzen."

„Sorry. Wird noch."

„Ich konnte nicht mehr", beantwortete ich ihre Frage. „Ich persönlich mache mir nichts aus Weihnachten. Diese Tage waren für mich immer die anstrengendsten des Jahres. Wir hatten beschlossen, einmal etwas anderes auszuprobieren. Radikal downshiften sozusagen. Den Kindern haben wir pro Nase einen Geldbetrag überwiesen, andere Geschenke gab es für niemanden. Wir wollten zu zweit verreisen, Kathrin und ich."

„Hat ja super geklappt", sagte Sharon.

„Ja." Mein Lächeln fühlte sich schief an.

„Klaus muss ganz schön gejammert haben."

„Keine Ahnung", sagte ich. „Kathrin war am Telefon."

„Kathrin hat ein gutes Herz."

„Der Meinung ist sie auch."

Sharons geschminkte Lippen krümmten sich. Ich betrachtete sie fasziniert und konnte mich nicht entscheiden, ob ich sie hübsch fand. Vielleicht lag es daran, dass ich Gesichter nicht als Gesamtheit wahrnahm. Sie hatte keine besonders feinen oder gleichmäßigen Züge, die Nase war breit, der Mund groß. Andererseits war sie jung und damit an sich wunderschön. Die Jugend überstrahlte alles, wen kümmerten da Pickel auf der Stirn und eine Figur, die Kathrin wohlwollend als „rundlich" bezeichnen würde.

Ich musste mich zwingen, Sharon nicht gierig anzustarren. Hätte ich sie auf der Straße getroffen, hätte ich mich kaum nach ihr umgedreht. Wäre sie mir im Krankenhaus begegnet, wo ich ein Besucher oder, Gott bewahre, ein Patient gewesen wäre, hätte ich sie möglichweise mit anderen Augen gesehen. Jetzt, wo sie an Klaus' Seite war, drehten sich allerhand Fragen in meinem Gehirn, für die ich mich selbst verachtete. Klaus war in meinem Alter, und, so gnadenlos ich uns miteinander verglich: Ich erkannte nichts, was ihn zu einem attraktiveren Mann machte.

Ich ertappte mich bei dem Gedanken, dass ich, wäre jemand wie Sharon an meiner Seite, sie niemals in eine Situation wie diese gebracht hätte. Auch dieses schreckliche Wochenendhaus hätte ich großräumig umfahren auf dem Weg zum nächsten Flughafen.

„Nick und Denise können mich nicht leiden", sagte Sharon und riss mich aus den Reiseplänen. „Ich meine, ich kann sie verstehen."

„Das stimmt doch gar nicht", widersprach Klaus matt. „Sie haben sich am Anfang ein wenig angestellt, inzwischen freuen sie sich für uns."

„Du kannst ja schauen, ob sie dich über die Feiertage einmal anrufen."

„Sharon hat ihnen sogar Geschenke geschickt." Klaus' Augen leuchteten feucht auf. „Ihr ist all das wichtig, Familie, Weihnachtsgedöns. Sie denkt an alle, selbst wenn jemand nicht nett zu ihr ist. Auch für euch ist was vorbereitet."

Mir lief es kalt den Rücken herunter. „Oh, bitte. Wir haben nichts für euch."

„Das ist egal, wir brauchen nichts."

„Denkst du, wir brauchen was? Nein, wirklich, ich dachte, wir schenken uns nichts. Hast du das nicht so mit Kathrin am Telefon besprochen?"

Klaus wirkte auf einmal verlegen. „Kathrin hatte so Panik, als ich angerufen habe. Ich wollte ihr keinen zusätzlichen Stress machen und hab einfach behauptet, wir schenken uns eben nichts. Aber meiner Süßen hier kann ich keine Geschenke ausreden, ich brauch es gar nicht zu versuchen."

„Ich liebe Geschenke", sagte Sharon mit einer Ernsthaftigkeit, als würde sie einen Eid ablegen. „Ich schenke total gern. Ich selbst hab ja alles." Sie küsste Klaus auf die Nasenspitze, was bei mir leichte Übelkeit verursachte.

„Ich fass es nicht", stöhnte Kathrin, als ich, nachdem wir beim Abendessen die Reihenfolge der Badezimmer-Nutzung besprochen und umgesetzt hatten, unter die muffig riechende Decke kroch. „Wie blöd stehen wir denn bitteschön da, ohne Geschenke?"

„Sie macht es extra, um dich zu demütigen."

„Du nimmst mich nicht ernst, oder?"

„Ich erkenne dich halt nicht wieder."

„Ich muss die ganze Zeit an Almut denken!"

„Almut ist tot", sagte ich.

„Und ich will nicht so tun, als ob es sie nie gegeben hätte."

Ich wusste nicht, was ich darauf antworten sollte. Mir war inzwischen klar, dass es vermutlich nicht an Klaus gelegen hatte, dass wir früher so viel zusammen unternommen hatten. Weder Kathrin noch ich konnten offensichtlich etwas mit ihm anfangen, und ich zweifelte daran, dass es jemals anders gewesen sein konnte. Es lag also nur und ausschließlich an Almut, dass wir jetzt hier saßen.

Kathrin drehte sich zu mir. „Kannst du nicht einen dringenden Anruf aus der Redaktion kriegen? Bitte!"

„Warum ich? Krieg du doch einen."

„Ich kann nicht lügen."

„Ich will nicht, dass du mich immer für die Drecksarbeit vorschickst."

„Ist es wegen der Ähnlichkeit? Verteidigst du sie deswegen?"

„Ich hab keine Ahnung, was du meinst. Entweder du sprichst Klartext oder du lässt mich schlafen." Kathrin presste die Lippen aufeinander. Ich wartete nicht zu lange und drehte mich von ihr weg, zu den schweren, staubigen Stoffvorhängen. Ich würde am nächsten Morgen garantiert mit einer verstopften Nase aufwachen. Ich knipste die Nachttischlampe aus. Sobald es dunkel wurde, brachen die Gerüche des Hauses in voller Intensität über mich herein. Ich schnappte nach Luft, lauschte auf mein Herzstolpern und musste daran denken, dass Sharon Krankenschwester war und dass ich es einen beruhigenden Gedanken fand.

Ich hatte tief und fest geschlafen, auch wenn ein Teil von mir wahrnahm, dass Kathrin sich hin und her wälzte, seufzte, mehrmals auf Toilette ging. Ich wachte früh auf und schlich mich hinaus. Der kleine Kläffer sprang mir auf die Füße, ich spürte die Krallen schmerzhaft auf meinen Fußrücken. Ich schüttelte ihn ab, setzte mich auf die Couch und schaute in die Dunkelheit hinaus, die in regelmäßigen Abständen vom Blinken des Elchs unterbrochen wurde. Die Nachtspeicheröfen knackten. Wenn sie hier wenigstens einen richtigen Ofen hätten, dachte ich. Schon wäre alles erträglicher. Ein bisschen Feuer, Holz, Räucherduft. Aber auch dann wäre es vermutlich so ziemlich der letzte

Ort gewesen, an dem man ein paar freie Tage verbringen wollte.

„Hast du dir dein neues Leben wirklich so vorgestellt, Sharon?", murmelte ich.

„Was?"

Ich fuhr zusammen. Sie musste lautlos aus dem zweiten Schlafzimmer gekommen sein. Sie bückte sich nach dem vor Begeisterung winselnden Hund und hob ihn hoch. Unterm Arm hielt sie eine zusammengerollte Yogamatte.

„Können Sie ... kannst du nicht schlafen?"

„Präsenile Bettflucht", sagte ich. „Kennst du vielleicht von Klaus."

„Was? Nee, der pennt bis mittags, wenn man ihn lässt."

Sie warf die Yogamatte in die Ecke, klemmte den Hund wie eine Clutch unter den Arm und ging gähnend zur Kochnische. Sie trug eine ausgeleierte Schlafanzughose und ein Oberteil, das auch ein T-Shirt von Klaus sein könnte. Die blonden Haare waren zu einem zerfransten Pferdeschwanz zusammengebunden, die rosa Strähnen hingen ins verschlafene Gesicht.

Ich räusperte mich und sah zu Boden.

„Ich mach uns einen Kaffee, ja?"

Ich nickte, setzte mich an den Tisch und sah zu, wie sie mit dem Wasserkocher und der French Press hantierte.

„Heute ist Heiligabend", sagte ich.

„Ich weiß. Merry Christmas."

„Haben wir ein Programm?"

„Ich dachte, wir machen einen Spaziergang, essen zusammen und packen dann die Geschenke aus."

„Ach ja. Die Geschenke."

Mir fiel wieder ein, dass Kathrin nebenan schlief. Ich hatte sie tatsächlich für einen Moment vergessen.

„Ihr seid so lieb", sagte Sharon und schenkte mir Kaffee ein.

Ich verbrannte mich am ersten Schluck. „Wer ist lieb? Wir sind lieb?"

„Total. Zucker?"

Ich schüttelte den Kopf, während sie drei Esslöffel Zucker in ihren Kaffee rührte. Kathrin wäre bei dem Anblick vom Stuhl gekippt. Ich kannte ebenfalls niemanden mehr, der seinen Kaffee noch süß trank. Also, fast niemanden.

„Dass ihr einfach eure Pläne sausen lasst und extra an Weihnachten hierherkommt, um mich kennenzulernen. Das ist so lieb."

„Gerne doch", sagte ich.

„Klaus leidet drunter, dass seine ganzen alten Freunde nichts mehr mit ihm zu tun haben wollen. Es ist wegen mir, ich bin denen zu doof. Alle denken, ich will nur sein Geld."

Ich schaute mich reflexartig um. „Hat Klaus so viel Geld?"

„Na klar. Klaus ist richtig reich mit seiner Firma. Ich müsste jetzt deswegen auch nicht mehr arbeiten, aber ich will trotzdem. Ich mag meinen Job.

Wenn ich immer nur zu Hause rumhänge, wird es uns beiden zu öde."

„Klar", sagte ich.

„Wir sind doch schon lange zusammen. Ich find eigentlich, die Leute könnten sich langsam mal an mich gewöhnen."

„Vielleicht ist es umgekehrt", sagte ich. „Klaus' Freunde denken, dass es dir mit ihnen langweilig ist. Sie gucken dich an und fühlen sich halbtot."

„Warum? Wegen Almut?"

Klaus' Freunde haben leider recht, dachte ich. Sharon ist genau, wie sie aussieht: ein bisschen doof. Eine, die keine Anspielungen versteht, der man jeden Witz erklären muss.

Die Tür quietschte. Kathrin stand in der Wohnküche, den mitgebrachten Bademantel über dem Schlafanzug, die Reisehausschuhe an den Füßen. Ihr Gesicht sah grau und gealtert aus, unter den Augen lagen tiefe Schatten. Sie musste eine schreckliche Nacht verbracht haben.

„Was passiert hier?", fragte sie mit schlecht verborgener Panik in der Stimme.

„Ich mach mich an deinen Mann ran", sagte Sharon sehr ernst. Und fügte eilig hinzu, als Kathrins Gesicht endgültig zu einer Maske gefror: „War nur Spaß. Ich hab doch 'nen eigenen. Wir reden gerade über Almut."

Ich hatte mit allem Möglichen gerechnet. Ich wäre auf eine offene Konfrontation vorbereitet gewesen, wäre aber auch nicht überrascht, wenn Kathrin behauptet hätte, sich für jeden weiteren Aufenthalt zu krank zu fühlen. Am wenigsten hatte ich erwartet, dass Kathrin tatsächlich beschließen würde, sich zusammenzureißen. Es war, als hätte die schlaflose Nacht einen Schalter in ihr umgelegt. Zwar war ihr Gesicht immer noch angespannt und das Kinn eine Spur zu kantig, aber die Lippen umspielte ein fast echtes Lächeln. Ihre Augen waren auf Sharon geheftet, als könnte sie sich an dem übergroßen Oberteil und den pinkfarbenen Fransen gar nicht sattsehen.

„Geht's Ihnen, ich meine dir, besser?", fragte Sharon und stand auf, um Kathrin einen Stuhl zuzuschieben. „Sieht nicht so aus, oder?"

„Viel besser." Kathrin war offensichtlich gewillt, den gestrigen Ausfall wiedergutzumachen. „Ich hab mich richtig gut erholt. Hier auf dem Land schläft man so fest, weil es so unglaublich leise und dunkel ist."

„Im Winter ist es leise", sagte Sharon. „Im Sommer blöken die Kühe durchs Schlafzimmerfenster."

„Muhen", sagte Kathrin, und ihr Lächeln wurde noch ein wenig angespannter.

„Was?"

„Die Kühe muhen. Die Schafe blöken."

„Ach so", sagte Sharon. „Kenn mich da jetzt nicht so aus. Arbeiten Sie im Kindergarten?"

„Nein." Das Lächeln drohte, Kathrins Gesicht zu zerreißen. „Ich arbeite an der Universität als Lehrkraft für besondere Aufgaben."

„Wow", sagte Sharon.

„Darf ich mich zu euch setzen?"

„Warum nicht?"

Ich war hin- und hergerissen. Einerseits fühlte sich der Raum um die beiden Frauen herum auf einmal stickig an, die Wände rückten spürbarer näher und die trockenen Blumengedecke wirkten besonders staubig. Das graue, zunehmend heller werdende Nichts vor dem Fenster schien mit einem Mal reizvoll und frisch. Andererseits war ich neugierig. Ich wollte zu gern sehen, wie Kathrin sich jetzt anstellen würde, zu offensichtlich war der Entschluss, jetzt wieder ein guter Mensch sein zu wollen. Außerdem sah ich Sharon gern zu, was war schon falsch daran.

„Ich hab Kaffee gekocht", sagte Sharon zu Kathrin.

„Das ist sehr nett, danke."

„Ist wahrscheinlich schon kalt geworden."

„Das ist überhaupt kein Problem."

„Zucker?"

„Lieber ohne, danke." Da war schon eine schlecht verborgene hysterische Note in Kathrins Stimme.

Ich hielt es nicht mehr aus und begann, meine Wanderschuhe anzuziehen, nahm Jacke und Schal von der Garderobe.

„Wo gehst du hin?", fragten Kathrin und Sharon gleichzeitig.

„Brötchen holen."

„Hier gibt's keinen Bäcker."

„War ein Scherz. Frische Luft schnappen."

„Hey", rief Sharon mir nach, als ich schon aus der Tür war. „Nimmst du Rex mit? Aber nicht von der Leine lassen."

So lief ich also mit dem Wollknäuel an einer pink-farbenen, mit Strass verzierten Kunstlederleine durch den Nieselregen. Auf dem Feld war der Wind zu stark, und ich befürchtete, dass er den Hund in die Luft heben würde. Ich bog also wieder herunter auf den unasphaltierten Weg, der ins Dorf führte. Meine Füße versanken im Schlamm, und der Anblick des verschmierten Köters verdarb zusätzlich die Laune. Ich hätte viel für einen blin-kenden Nikolaus in einem Fenster gegeben, auch für jede andere Spur menschlichen Lebens, egal wie geschmacklos und kitschig. Stattdessen lief ich an Grundstücken vorbei, deren Böden kom-plett mit dem vor sich hin modernden Vorjahres-laub bedeckt waren. Ich konnte schwer ausma-chen, aus welcher Richtung der Fäulnisgeruch in meine Nase drängte, vermischt mit Duftnoten von Kuhmist und irgendwas Geräuchertem. An einer Stelle ragte immerhin, wie die Kappe eines gerade durchgebrochenen Pilzes, die Mütze eines Garten-zwergs in Richtung Tageslicht.

Ich blickte auf das Dorf herunter. Die Dächer wa-ren dunkel, aus zwei Schornsteinen stieg Rauch auf. Ich zog den tippelnden Hund über die Pfützen hinter mir her, überquerte die Straße, die diese gottverlassene Siedlung in zwei ungleiche Teile schnitt, jeder mit einer Bushaltestelle markiert, die nicht einmal mit Graffiti beschmiert war.

Die Abzweigung der Straße umkurvte einen kleinen Vorplatz. Ich folgte der Biegung, auf ein immer dringender werdendes Muhen zu. Auf einmal stand ich vor einem Stall mit angelehnter Tür. Der Hund begann zu kläffen und verheddderte sich in der Leine. Ich hob ihn hoch, um ihn wieder herauszuwickeln, und ließ ihn fast fallen, überwältigt von der Geruchswelle. Ich hätte das Dorf bis dahin nicht wiedererkannt, aber auf dem Vorplatz stand eine Telefonzelle, sauber und anscheinend funktionsbereit, und ausgerechnet an sie erinnerte ich mich plötzlich in aller Heftigkeit.

Wir waren hier schon einmal gewesen. Die Felder waren bereits mit einer dicken Schneedecke bedeckt, und es hatte ununterbrochen weitergeschneit. Wir hatten Schlitten im Kofferraum dabei, die Kinder waren mit rosigen Wangen den Weg heruntergerodelt. Ihre Stimmen hatten die eisige Luft zum Vibrieren gebracht.

Dicke Schneeflocken hatten in meinen Wimpern gehangen und mir die Sicht verzerrt, waren auf dem dunklen Ärmel meiner Jacke gelandet, ich hatte sie fasziniert betrachtet. Almut hatte gelacht und gefragt, ob ich eine Lupe brauchte. „Jede

Schneeflocke ist einzigartig!" Nicht nur meine Frau hatte eine Vorliebe für Kalenderweisheiten.

Ich konnte mich an Almuts Gesicht natürlich nicht erinnern. Ihre Gestalt war langgestreckt und schlank, die Haare lang und blond unter einer Strickmütze. Wir waren zu zweit hier runtergelaufen, jeder eine Milchkanne in der Hand: Wir wollten frische Milch vom Bauernhof holen. Es hatte, wie eben, überwältigend nach Tier und Mist gerochen, ein Geruch, den ich noch Wochen später in meinen Kleidern wiederfand.

Waren wir wirklich zu zweit hier runtergegangen, während die Kinder rodelten? Waren Kathrin und Klaus oben geblieben? Worüber hatte ich mit Almut gesprochen? Und mit wem hatte ich so dringend telefonieren müssen, dass ich beim Anblick der Telefonzelle Herzklopfen bekommen hatte?

Wir vier konnten uns da jedenfalls noch nicht lange gekannt haben. Die Kinder waren klein, und ich konnte mich beim besten Willen nicht an ein Treffen unter Erwachsenen, ganz ohne Kinder, erinnern. Wir genossen es: Nur in der mühelosen Konstellation unserer beider Familien konnten wir die zwei Mädchen und die beiden Jungen rumlaufen lassen und uns einmal in Ruhe miteinander unterhalten. Mir fiel eine Kiste mit Feuerwerk im Kofferraum ein, abgedeckt mit einer Wolldecke. Wir mussten also tatsächlich Silvester gefeiert haben. Da waren endlose Schnippeleien von Gemüse und Schinken in der Wohnküche, und hatte sich später jemand am Raclette-Set verbrannt?

Ich erinnerte mich plötzlich auch an die Enge des Bettes, als Johanna und Jonas sich zwischen uns gedrängt hatten, obwohl es zuerst geplant war, dass alle Kinder in der Wohnküche auf dem Boden schliefen.

Ich stand vor dem Kuhstall und schnappte nach Luft. Durch die angelehnte Tür waren die schweren Hinterteile der Kühe zu sehen, die von einem Bein aufs andere traten, die Schwänze durch die Luft peitschen ließen.

Irgendwo nebenan quietschte eine weitere Tür, und eine Frau mit dicker Jacke über dem schmutzigblauen Arbeitskittel sprach mich von der Seite an. „Suchst du was?"

Das kleine Wollknäuel begann mit hoher Stimme zu bellen. Der Blick der Bäuerin streifte es voller Verachtung.

„Ist nicht meiner", sagte ich eilig. Plötzlich war mir wichtig, mich zu diesem Hund zu positionieren. „Ich bin zu Gast hier."

„Das dachte ich mir schon. Von oben?"

„Ja, den Weg hoch." Ich setzte an, es genau zu beschreiben, doch dann wurde mir klar: Diese Frau wusste es auch so. Unsere Ankunft war hier niemandem entgangen.

„Du warst schon mal hier. An Silvester, ich erinnere mich. Mit Almut."

Die Frau wirkte alterslos: angegraute Locken, aber glattes, faltenloses Gesicht.

„Sie kennen Almut?", fragte ich verstört.

„Klar kenne ich Almut. Hat schon als kleines Mädchen bei meinen Eltern Milch geholt."

„Ist es das Haus von Almuts Familie gewesen?" Ich machte eine unbestimmte Handbewegung Richtung Hügel.

„Was dachtest du denn?"

„Almut lebt nicht mehr", sagte ich, um nicht antworten zu müssen, was ich eigentlich gedacht hatte.

Die Bäuerin nickte. „Ich weiß. Ich hatte mir so was schon gedacht, damals, als sie so lange nicht mehr kamen. Wusste schon, es ist was passiert. Hab gewartet, wann sie das Haus verkaufen. Ließen alles verkommen, die Wiese war überwuchert. Mein Sohn hat für sie gemäht."

„Das ist aber nett."

„Klar ist das nett. Für Geld."

Ich wartete, dass sie weitersprach. Wenn die Bäuerin wusste, dass wir hier waren, dann wusste sie sicher auch, mit wem Klaus jetzt da war. Es war ganz und gar ausgeschlossen, dass sie keine Meinung dazu hatte. Durch die neue Information erschien mir die Situation schon wieder in einem anderen Licht. Ich konnte kaum erwarten, es Kathrin zu erzählen. Es war mir außerdem auf einmal unglaublich wichtig, einen Kommentar der

Bäuerin zu Sharon zu hören, etwas, das mir helfen könnte, mich zu orientieren.

„Kommt ihr zum Gottesdienst?", fragte sie stattdessen. „Dieses Jahr ist bei uns. Sonst immer der Reihe nach durch die Dörfer." Sie deutete auf den Turm der winzigen Kirche gegenüber dem Kuhstall.

„Das ist aber praktisch", sagte ich. „Richte ich den anderen aus."

„Dann sehen wir uns später." Sie nickte mir zum Abschied zu. „Und wenn nicht: Gesegnetes Fest."

„Wo warst du?", rief Kathrin, als ich schlammbespritzt das Haus betrat und den Hund auf dem Fußabtreter absetzte.

„Hab doch gesagt, spazieren."

„Warum so lange?!" Sie klang, als hätte ich sie irgendwo stundenlang bei Unwetter warten lassen.

„Hab mich verlaufen."

Ich hatte nicht gemerkt, wie viel Zeit vergangen war. Kathrin schien ungeduldig und aufbruchsbereit, sie hatte Lippenstift aufgetragen und die Schatten unter den Augen überpudert. Sharon, die inzwischen eine andere Jogginghose und einen Pullover trug, kniete sich hin, um dem Hund die Pfoten abzutrocknen.

„Ich bin herunter bis zum Bauernhof", sagte ich zu Kathrin. „Erinnerst du dich? Klaus hat natürlich recht. Wir waren schon einmal hier."

„Wir waren hier?" Sie blinzelte irritiert. Sharon hielt in einer Bewegung inne und blickte zu uns hoch.

„Ja." Ich versuchte, die Bilder zu beschreiben, die in meiner Erinnerung aufgetaucht waren. „Da muss Johanna ... ich schätze so um die drei Jahre gewesen sein, Jonas entsprechend fünf. Es hatte extrem viel geschneit. Du *musst* dich erinnern."

„Ihr seid ja lustige Freunde." Sharon ließ ihren Hund los. „Habt wirklich alles vergessen. Kanntet ihr euch vorher überhaupt? Gestern hab ich im ersten Moment gedacht, Klaus hat euch gecastet." Kathrin und ich wechselten Blicke. „Wir haben uns, wie gesagt, ziemlich lange nicht gesehen."

„Warum nicht?"

„Nun ... irgendwann haben die Kinder aufgehört, mit uns in den Urlaub zu fahren. Sie waren einfach zu groß, hatten dann andere Interessen", sagte Kathrin unsicher.

„Und?"

„Was meinst du mit *und*?"

„War damit auch die Freundschaft vorbei?"

„Ja", sagte ich.

„Nein", rief Kathrin gleichzeitig mit einer Vehemenz, die meine Antwort fast übertönt hatte. Aber nur fast. Sie warf mir einen ebenso empörten und wie verblüfften Blick zu. „Wie kannst du so etwas sagen?"

„Sie hat es doch längst gemerkt", sagte ich. „Sehen wir aus wie richtige Freunde?"

„Du bist ungerecht!" Sie richtete sich auf und straffte ihre Schultern. Stellte sich sogar auf Zehenspitzen, um mit mir auf Augenhöhe zu sein. „Almut und ich waren uns sehr nah."

„Echt?"

„Wie kannst du so etwas in Zweifel ziehen?"

Mir wären ein paar Gegenargumente eingefallen, aber ich wollte sie nicht vor Sharon ausbreiten. Umso überraschter war ich, als diese den Hund von ihrem Schoss schubste, den dreckigen Lappen auf die Heizung hängte (Kathrin verzog das Gesicht) und vorwurfsvoll zu mir sagte: „Lass sie doch. Wie soll sie dir jetzt ihre Freundschaft zu Almut beweisen? Soll sie mich erwürgen?"

Ich schwieg betreten.

„Ich war kurz davor." Kathrin lächelte Sharon schief an. „Tut mir leid, Sharon. Es war nicht persönlich gemeint."

„Alles gut. Du warst doch total lieb", sagte Sharon.

„Ich war total lieb?!"

„Obwohl du so Migräne hattest."

Es fehlte nur noch, dass die beiden Frauen sich jetzt in die Arme fielen und gemeinsam um Almut weinten. Wobei ich mir Sharon eigentlich nicht weinend vorstellen konnte.

„Darauf einen Sekt", sagte ich. „Ist schließlich Weihnachten."

„Heute Abend ist Weihnachten", korrigierte mich Kathrin.

„Die Bäuerin hat uns zum Gottesdienst eingeladen."

„Um Gottes Willen", entfuhr es Sharon.

Ich drehte mich zu ihr. „Du machst dir nichts aus Gottesdiensten? Ich dachte, du wolltest ein richtiges Fest."

„Lass sie doch." Kathrin trat mir sehr auffällig auf den Fuß. „Dräng ihr deine Vorstellungen nicht auf."

„Mir ist es eigentlich wurscht", sagte Sharon. „Aber seit Almut tot ist, will Klaus keine Kirche mehr betreten. Die Trauerfeier hat ihn damals richtig fertiggemacht."

Klaus tauchte gegen Mittag auf. Sharon und Kathrin hatten bereits den Frühstückstisch gedeckt und wieder abgeräumt. Sharon hatte vorgeschlagen, Karten oder Memory zu spielen, Kathrin hatte es jedes Mal geschafft, das Thema zu wechseln. Klaus schlurfte aus dem Schlafzimmer, durchquerte die Wohnküche und ließ sich geräuschvoll auf einen Stuhl sinken. Ich spürte Kathrins Verlegenheit: So viel Bekenntnis zur eigenen übermüdeten, nicht mehr taufrischen Körperlichkeit war sie von mir nicht gewohnt. Klaus trug Badelatschen zum Schlafanzug und suchte mit den Augen in der Gegend herum.

„Schatzi? Kaffee?"

„Warte, ich mach dir frischen." Sharon sprang sofort auf. Kathrins Augenbrauen wanderten ganz automatisch nach oben.

„Nimm dir ein Beispiel", sagte ich. Und, als sie mich empört ansah: „War nur ein Spaß."

Klaus richtete seine blutunterlaufenen Augen auf mich: „Und wie war eure Nacht?"

„Vermutlich besser als deine." Nach diesem Morgen sah ich keine Notwendigkeit mehr darin, um den heißen Brei herumzureden. „Bist du verkatert, oder was habt ihr gestern Abend noch gemacht?!"

„Peter", atmete Kathrin empört aus.

„Nicht das, was du denkst." Klaus schaffte es, ein Lächeln in Sharons Richtung zu schicken.

„Er leidet", erläuterte Sharon ungerührt. „In diesem Haus kommen Erinnerungen hoch."

„Vielleicht sollte ich es doch verkaufen", sagte Klaus. „Aber wer will es schon haben, in dieser Einöde? Soll ich es euch beiden schenken? Ich würde es sofort tun."

Ich schluckte laut. „Hängen Denise und Nick nicht an diesem Haus? Sie müssen viele Kindheitserinnerungen damit verbinden."

Sharon prustete. „Ich kann mir nicht vorstellen, dass die beiden noch mal hierher wollen. Was sollen sie hier? Sie werden vor Langeweile sterben."

„Du stirbst doch auch nicht." Klaus schaute sie unter seinen buschigen Augenbrauen an.

„Weil ich doch mit dir hier bin, Hase."

Kathrin und ich sahen synchron halb angeekelt, halb verlegen zu Boden.

„Vielleicht sind hier wichtige Erinnerungen an Almut", sagte Kathrin, ermutigt von der neuen Offenheit. „Könnte doch für eure Kinder wichtig sein, denkst du nicht, Klaus?"

„Nee", sagte Sharon, obwohl sie gar nicht gefragt worden war. „Hier riecht es nicht mehr nach Almut. Ich denke, dass sie es hier nie besonders gemocht hat."

„Meinst du?" Klaus' Stimme klang hoffnungsvoll.

„Klar. Du weißt doch, wie sie war. Die Einrichtung muss sie total hässlich gefunden haben." Sharon drehte sich zu uns. „Ihr findet es doch auch hässlich? Sagt ja!"

„Ja", sagte ich.

„Es ist gemütlich", murmelte Kathrin. „Und wenn man mit den richtigen Leuten hier ist ... Es war wirklich ein schönes Silvester, damals."

„Aha!" Klaus richtete den Zeigefinger auf sie. „Hab ich es euch nicht gesagt? Ihr habt mich ganz wahnsinnig gemacht, als ihr behauptet habt, ihr wäret noch nie hier gewesen. Ich hab schon gedacht, dass ich Halluzinationen hab."

Klaus trank mehrere Tassen Kaffee und aß drei Rühreier, die Sharon für ihn gebraten hatte. Ich hätte auch gern welche genommen, schließlich war seit dem Frühstück schon einige Zeit vergangen. Dann aber stellte ich mir vor, mit welchem Blick Kathrin mich bedenken würde, wenn ich es wagen sollte, eine entsprechende Bitte an Sharon zu richten.

Kathrin kniete vor dem niedrigen Couchtisch und sortierte die Teile eines alten Puzzles auseinander, das Sharon aus einem Schrank gefischt und ihr hingelegt hatte. Ich lehnte mich zurück, sah Klaus beim Essen, Sharon beim Herumwuseln, meiner Frau beim Puzzeln zu. Der Hund lag wie ein schmutziges Spielzeug auf dem Sofa. Eine Welle seliger Müdigkeit überrollte mich. Ich fühlte mich zu schwer, um zu denken, geschweige denn zu reden. Mir war, als könnte ich die nächsten Tage einfach so sitzen bleiben, und die größte Abwechslung dürfte die zwischen unterschiedlichen Plätzchensorten sein. Ich konnte mich nicht erinnern, dass mir an den hohen Feiertagen jemals so wohl gewesen war.

„Was wollt ihr also unternehmen?" Sharon baute sich vor mir auf, stemmte die Fäuste in die Hüften. Ich sah sie an und spürte einen Stich im Herzen.

„Wenn ich ehrlich bin, gar nichts."

„Es ist Weihnachten", sagte Sharon empört.

„Eben."

„Ich will nicht, dass ihr hinterher sagt, ihr habt euch die ganze Zeit gelangweilt."

„Das werden wir ganz bestimmt nicht sagen."

„Wir müssen vor der Kirche nochmal raus an die frische Luft."

„Wer sagt das?", fragte Klaus.

„Also ich war schon draußen", sagte ich.

„Kathrin, sag du doch auch mal was", verlangte Sharon.

„Lass die Männer, Sharon", sagte Kathrin müde. „Es ist wie im Kindergarten, erst will keiner raus, dann will keiner rein."

„Du arbeitest aber nicht im ..." Sharon machte ein nachdenkliches Gesicht. „Ach so, nee, das hast du ja schon gesagt."

Am Ende saßen wir alle vier in Klaus' Auto. Sharon hatte sich umgezogen, sie trug eine hautenge Leggings aus ausgeblichenem Jeans-Stoff, die mit Strass-Schmetterlingen verziert war, einen Schal mit Leopardenmuster und ein passendes Stirnband. Die Stiefel hatten atemberaubend hohe Absätze, ich sah Kathrin die Anstrengung an, sich nichts anmerken zu lassen und nicht einmal einen Blick mit mir zu tauschen. Sharon blamierte mich, indem sie darauf bestand, dass ich neben Klaus auf dem Beifahrersitz Platz nahm, denn da könne man am leichtesten einsteigen.

„Für wie eingerostet hältst du mich? Ich gehe noch nicht am Stock."

„Nee, so meine ich es doch gar nicht, da ist einfach mehr Platz für deine langen Beine."

„Mach schon, Peter." Kathrin schien erfreut zu sein, dass Sharon den Seniorenplatz nicht ihr aufdrängte.

„Streite nicht mit ihr", schaltete sich Klaus ein. „Das bringt gar nichts. Sie setzt ihren Kopf immer durch."

Wir fuhren über kurvige Straßen an zusammen-gesunkenen Häusern, hohen Zäunen und einmal wöchentlich frequentierten Haltestellenhäuschen vorbei. Ich klappte die Sonnenblende herunter, obwohl Sonnenschein eine Jahreszeit entfernt schien. Durch den Spiegel auf der Innenseite konnte ich die beiden Frauen auf dem Rücksitz sehen, die sich unterhielten. Leider bekam ich kein Wort davon mit. Ich hatte das Gefühl, dass Kathrins Blick mich kurz über den Spiegel streifte. Vielleicht sprach sie extra leiser, sie wusste, wie sehr es mich provozierte, wenn in meiner Nähe Gespräche geführt wurden, die ich nicht gut hören konnte. Ging es schon wieder um Almut? Wie konnte es sein, dass Sharon so offen über ihre Vorgängerin sprach?

Ich klappte die Sonnenblende zu und drehte mich zu Klaus. Er saß zurückgelehnt, sein Bauch wölbte sich über dem Gürtel, im Gesicht spielte ein selbstzufriedenes Lächeln. Wie konnte er mir am Anfang schlank und vital vorgekommen sein?

Der Druck, eine Frau im Alter der eigenen Tochter zu haben, musste immens sein. Ich stellte es mir wieder einmal vor, wie gewohnt nahm es mir den Atem. Wie konnte es Klaus wagen, sich nicht ständig Gedanken darüber zu machen, wie die anderen ihn in dieser Konstellation wahrnahmen? Schon die Vorstellung reichte mir, und mein eigenes Übergewicht und mein Doppelkinn kamen mir sofort überdimensioniert vor. Einmal mehr wurde mir klar, was für eine perfekte Gefährtin Kathrin in dieser Hinsicht war: Neben ihr sah ich wie der langjährige Ehemann einer stilsicheren Frau aus, die gut auf sich achtete, aber bei Licht betrachtet keinen Tag jünger aussah, als sie wirklich war. An Kathrins Seite interessierte niemanden, wie alt ich selbst war. Mit einer Begleiterin wie Sharon hätte ich dagegen mein Selbstbild ganz neu definieren müssen. Ein Problem, das Klaus offensichtlich nicht hatte.

Wir fuhren eine knappe halbe Stunde bis zur nächsten, winzigen Kreisstadt. Klaus parkte auf dem Parkplatz eines riesigen Supermarkts. Parkplatz wie Supermarkt sahen wie ausgestorben aus, und ich wunderte mich, ob in der Region überhaupt so viele Leute lebten, um all das halbwegs zu füllen und zu einem rentablen Unternehmen zu machen.

Wir liefen über einen Zebrastreifen, stiegen eine Steintreppe hinunter und fanden uns in einer von Fachwerkhäusern gesäumten Gasse wieder. Es war Mittag, die meisten Geschäfte hatten bereits geschlossen. In den Schaufenstern leuchteten Landschaften aus Kunstschnee, Lichtgirlanden an silbrigen Kunsttannen, Arrangements von Weihnachtskugeln in allen denkbaren Größen.

„Mist, ich dachte, ich könnte hier noch ein paar Geschenke einkaufen", sagte ich.

Sharon sah mich ernst an: „Dazu ist es zu spät."

„Es war ein Scherz. Und damit haben wir immer noch nichts für euch."

„Ihr seid das größte Geschenk."

„Oh." Kathrin wusste offenbar genauso wenig wie ich, wie man darauf antworten sollte.

Wir spazierten am Bach entlang, der etwas größenwahnsinnig das Wort Fluss im Namen trug. Kathrin diskutierte mit Klaus darüber, ob wir damals, an unserem gemeinsamen Silvester, einen Ausflug an diesen Bach unternommen hatten. Klaus behauptete ja. Kathrin hielt dagegen. Da ihre fehlende Erinnerung als Argument nicht ausreichte, behauptete sie, dass es nicht sein konnte, weil wir ja dann mit zwei Autos hätten fahren müssen, da wir zu acht gewesen wären.

„Und? Dann sind wir halt mit zwei Autos gefahren." Klaus wusste es offensichtlich auch nicht mehr so genau.

„Ich hätte mich sicher an diesen Supermarkt erinnert."

„Den gab es doch damals noch gar nicht."

„Ich glaube, Johanna hätte so eine Autofahrt nicht mitgemacht, das war doch damals so schwierig mit ihr. Oder, Peter, erinnerst du dich? Wir hatten versucht, mit ihr so wenig wie möglich mit dem Auto zu fahren."

„Klar", antwortete ich. Dabei war das kleine Mädchen, für das wir immer Spucktüten einpacken mussten, inzwischen so weit weg wie ein verblasster Traum, den mir irgendjemand mal nacherzählt hatte. Ich konnte nicht einmal sagen, wann es mit ihrer Reiseübelkeit plötzlich vorbei war, so dass sie Bücher im Auto lesen konnte. Wahrscheinlich war es genau die Zeit, in der sie aufhörte, mit uns zu verreisen.

„Vielleicht sind wir gar nicht alle zusammen gefahren, und irgendjemand ist im Haus geblieben? Der Bach war damals übrigens zugefroren", sagte Klaus. „Wir konnten einfach so rüberlaufen."

„Nee", sagte Kathrin, „das wüsste ich sicher noch."

„Du, Kathrin, warst total panisch, dass das Eis durchbricht."

„Das sieht tatsächlich nach ihr aus", sagte ich.

„Gar nicht wahr." Kathrin drehte sich empört zu mir. „Du bist in solchen Dingen viel hysterischer als ich."

„Peter war cool geblieben", sagte Klaus.

„Na bitte", sagte ich triumphierend. „Ich glaube, ich beginne mich zu erinnern."

„Klaus nimmt uns auf den Arm." Kathrin fasste ihn am Ellbogen. „Jetzt sag mal ehrlich: Denkst du dir das alles gerade aus?"

„Hört doch auf, alles anzuzweifeln." Sharon hakte sich mit einem Mal bei mir unter, und Kathrins Augen rundeten sich. „Ist doch egal. Der eine erinnert sich an irgendwas, der andere nicht. So alt seid ihr wirklich nicht, um so vergesslich zu sein."

„Werd du erstmal so alt", sagte Klaus. „Ich werde dich dann zwar nicht mehr fragen können, aber vielleicht denkst du trotzdem einmal an mich."

„Ich werde gar nicht erst in euer Alter kommen", verkündete Sharon neben mir. „Ich werde jung sterben. Vielleicht noch vor dir, Klaus."

„Oh Gott." Er starrte sie mit aufrichtigem Entsetzen an. Kathrins Arm rutschte von seinem Ellbogen. „Tu mir das bitte nicht an, Baby. Ich verkrafte es nicht."

Sharon zuckte mit den Schultern. „Ich geb mein Bestes."

Wir setzten uns wieder in Bewegung. Kathrin und Klaus gingen weiter nebeneinander, diesmal ohne sich zu berühren. Es war nicht zu erkennen, ob sie miteinander sprachen. Auch die Distanz zwischen ihnen schien sich nicht zu verkürzen. Merkwürdigerweise interessierte mich der Inhalt eines Gesprächs zwischen Kathrin und Klaus viel weniger als das Geflüster der beiden Frauen vorhin im Auto. Ich spürte Sharons Hand in meiner Armbeuge, blickte immer wieder seitlich an mir herunter, um ihre kleine, füllige Hand zu sehen, mit überraschenderweise kurzen, unlackierten Fingernägeln.

Wir betraten ein kleines Café in einem Fachwerkhaus, in dessen Vitrine sich Lebkuchen aller Formen und Größen stapelten. Außer uns war niemand da.

Die Bedienung, die altersmäßig näher an uns als an Sharon zu sein schien, legte schicksalsergeben ihr Kreuzworträtsel beiseite. Ich spürte ihren Blick auf mir. Sharon stand immer noch ganz dicht bei mir, ihr blonder Pferdeschwanz berührte meinen Ärmel.

Soll die Frau doch denken, dass Kathrin mit Klaus hier ist und ich mit Sharon, kam mir plötzlich in den Sinn. Die Vorstellung hatte etwas, das gleichzeitig peinlich und auf eine beklemmende Weise aufregend war, genauso, wie ich es mir ausgemalt hatte. Ich half Sharon aus ihrer Kunstpelzjacke und hängte sie an der Garderobe auf. Sharon hielt es nicht für nötig, sich zu bedanken. Ihre Laune hatte sich scheinbar ohne jeden Anlass verschlechtert.

„Bestell mir einen Kakao", warf sie Klaus zu. „Ich muss aufs Klo."

„Ich kauf uns ein paar Lebkuchen für zu Hause", sagte Kathrin und entfernte sich in Richtung Theke.

Nun saßen Klaus und ich uns gegenüber, und wieder wusste ich nicht, was ich mit ihm reden sollte. Die Bedienung richtete ihre Schürze und ging mit einem Notizblock auf uns zu.

„Und Ihre Tochter?", fragte sie, nachdem ich meinen Earl Grey bestellt hatte. „Weiß sie schon, was sie will?"

Ich blickte irritiert auf. Für einen Moment fühlte ich mich in eine Zeit hineinversetzt, in der Johanna noch klein war und es möglich war, dass sie sich gerade irgendwo versteckte. Ich schämte mich sogar für einen Bruchteil von Sekunden, sie vergessen zu haben, bis ich Klaus' lachenden Blick auf mir spürte und mir wieder einfiel, wo ich war und warum.

Kathrin und ich staunten darüber, wie es kommen konnte, dass wir zu zweit zum Gottesdienst gingen. Klaus blieb fest in seiner Ablehnung. Er wirkte merkwürdig aufgelöst, und Sharon ordnete mit kühler Stimme an, dass Kathrin und ich schon mal losgehen sollen, sie bliebe erstmal bei ihrem Mann.

„Kommst du nach?", fragte Kathrin verständnislos.

„Nee."

„Warum sagst du dann *erstmal*?"

Wir zogen also zu zweit los. Einerseits war ich dankbar, endlich ohne Zeugen ein paar Worte mit Kathrin wechseln zu können. Andererseits hatte ich das Gefühl, dass mir etwas fehlte, als wäre ich klein und meine Eltern hätten mir befohlen, mit meinem kleinen Bruder zu spielen, obwohl der deutlich spannendere Nachbarsjunge draußen auf mich wartete. Ich war vor zwanzig Jahren aus der Kirche ausgetreten. Zwischendurch hatte Kathrin ihre Religiosität wiederentdeckt, in dieser Phase ging sie jeden Sonntag in die Kirche und demonstrierte den Rest des Wochenendes, wie erleuchtet sie sich fühlte. Auch diese Zeit ging irgendwann vorbei. Die letzten Jahre waren wir alle zusammen zum Krippenspiel in die nächstgelegene Kirche gegangen, weil Johanna und Jonas behaupteten, dass ihnen an Weihnachten sonst etwas fehlen würde.

„Du bist wirklich nett zu ihr", sagte ich, nachdem wir die Durchfahrtstraße auf dem Weg zur Kirche überquert hatten.

„Du aber auch."

„Sie ist aber auch süß, oder?"

„Irgendwie rührend."

„Hast du ihre Jacke gesehen?"

„Klar."

„Aber die Nägel sind kurz."

„Ist mir auch aufgefallen. Das ist wie bei Monica. Sharon ist doch Krankenschwester."

Mein Herz machte einen Sprung. „Mir war nicht aufgefallen, dass Monica kurze Nägel hatte."

„Wirklich?", fragte Kathrin betont beiläufig. „Was denkst du, wie alt sie ist?"

„Wer jetzt?"

„Mein Gott, Peter. Sharon natürlich."

„Vierundzwanzig?", fragte ich, die Zahl bewusst nach oben korrigierend.

„Das wäre jünger als Denise!", rief Kathrin lachend.

Wir drückten uns die Hände.

„Müssen wir überhaupt zu diesem Gottesdienst?", fragte ich. „Wir könnten einfach blaumachen und dem jungen Glück erzählen, wie toll die Predigt gewesen ist."

„Was sollen wir stattdessen machen?" Kathrin sah sich um. Wir hatten ein Gebäude passiert, das mir beim ersten Spaziergang entgangen war und dessen Schild es als Dorfkneipe auswies. In einem Glaskasten hing die Speisekarte, die aus Pommes, Würstchen und Brezeln bestand. Die Fenster waren dunkel.

„Wir könnten spazieren gehen", sagte ich.

Kathrin zog demonstrativ den Kopf ein. Es nieselte. Wir waren an der winzigen Kirche angekommen.

„Also keine Alternativen", sagte ich. „Geh du schon mal rein. Ich muss gerade noch den Feiertagsdienst in der Redaktion zurückrufen."

Ich wartete ab, bis Kathrin hinter den Holztüren verschwunden war. Dann machte ich einige Schritte, bis ich hinter der Telefonzelle stand und mich unsichtbar fühlte. Ich holte mein Telefon aus der Tasche, öffnete die Kontakte und suchte den Eintrag, der mit „Andi Müller" übertitelt war. Das erste Mal ließ ich es lange klingeln. Beim zweiten Mal wurde der Anruf weggedrückt. Beim dritten Mal ging sie endlich ran.

„Was willst du?"

„Ich vermiss dich so, Monica", sagte ich.

„Seit wann?"

„Jetzt sei doch nicht so. Es kam plötzlich über mich. Kann nichts anderes mehr denken."

Sie schwieg in den Hörer.

„Sag was", bat ich. „Ich muss deine Stimme hören."

Sie schwieg, die rachsüchtige Kuh. Ich sah auf die Uhr, ich hatte nicht ewig Zeit.

„Bitte, Monica. Ich konnte doch nicht anders."

„Frohe Weihnachten zusammen." Sie legte auf.

Ich betrat die Kirche unter den überraschten Blicken von einem Dutzend weiterer Besucher, die sich mit Abstand zueinander in den Reihen verteilt hatten. Ich erkannte die Bäuerin wieder und nickte ihr zu. Sie erwiderte den Gruß würdevoll.

„Woher kennst du all die Leute?", flüsterte Kathrin, als ich mich an ihre Seite gestellt hatte.

„Ich kenne nur diese Frau. Du hast bei ihr damals frische Milch geholt, ganz warm von der Kuh."

„Igitt." Bei Kathrin war inzwischen Laktoseintoleranz diagnostiziert worden.

„Mit Almut zusammen."

Sie schüttelte den Kopf. „Das wüsste ich doch, oder? Was ist los mit mir? Vielleicht hatten Klaus und Almut andere Freunde, die uns einfach nur ähnlich sahen?"

„Wenn ich mir die ganze Sache anschaue, könnten wir ihre einzigen Freunde überhaupt gewesen sein."

„Oder alle anderen waren ausdrücklich nur Almuts Freunde. Nicht alle würden diese Sache mit Sharon so entspannt aufnehmen wie wir", sagte Kathrin selbstzufrieden.

Während der Predigt blätterte ich im Gesangbuch, unfähig, mich zu konzentrieren. Die Kirche war so klein, dass ich den Weihnachtsbaum zu riechen glaubte, der so unverhältnismäßig hoch war, dass er den Raum komplett ausfüllte. Die Tanne war mit echten Kerzen geschmückt, ich sah vor meinem inneren Auge die ganze Kirche abfackeln mit uns allen darin, ein leuchtendes Feuer bis zum Himmel. Ein Teil von mir dachte, dass ich es nicht besser verdient hätte: Wenn jemand all meine Gedanken lesen könnte, wäre es ein Leichtes gewesen, dort Dinge zu finden, für die ich in den Augen vieler Menschen das Höllenfeuer verdient hätte.

Dann dachte ich absurderweise daran, dass Sharon vielleicht durchaus in der Lage wäre, so eine Kirche anzuzünden, weil sie ja auch keine Skrupel gehabt hatte, einer Sterbenden den Mann wegzuschnappen. Wie schaffte sie es, das Schuldgefühl zu verdrängen? Ich schloss die Augen, die Flammen in meinem Kopf loderten knisternd. Ich zuckte zusammen und sah wieder hin. Ich hatte das Gefühl, nachgedacht und nicht geschlafen zu haben, aber die Gemeinde erhob sich bereits zum Segen, und Kathrin wischte sich über die Augen.

„War das so bewegend?", flüsterte ich, aber sie schüttelte nur den Kopf.

Die Bäuerin zog in Begleitung eines etwas deformiert wirkenden jungen Mannes, unter dessen aufgeknöpfter Jacke eine gestreifte Krawatte zu sehen war, zum Ausgang. Vor unserer Sitzreihe hielt sie an, vermaß uns abermals mit den Augen, blickte Kathrin streng an. „Frohe Weihnachten allerseits."

„Wir werden es ausrichten", sagte ich.

Kathrin und ich liefen Hand in Hand die Straße hoch.

„Glaubst du, sie haben es miteinander schon getrieben, als Almut im Sterben lag?", sprach ich aus, was mich schon die ganze Zeit beschäftigte.

„Peter!" Kathrin drückte indigniert meine Finger zusammen.

„Sharon hätte dann doch ein schlechtes Gewissen, oder?"

„Keine Ahnung, ob sie überhaupt ein Gewissen hat", sagte Kathrin.

„Das ist jetzt aber plötzlich. Ich dachte, du findest sie nett."

„Ich habe keine Ahnung", sagte Kathrin. „Ich weiß nicht, wer sie ist und was sie macht. Sie ist für mich ein Mensch vom anderen Stern. Und Klaus auch. Vielleicht war ich deswegen so erschüttert. Ich habe ihn ewig nicht gesehen, aber ich dachte, der ist so wie wir, nur eben gezeichnet von Almuts Tod. Jetzt hab ich das Gefühl, ihn überhaupt nicht gekannt zu haben. Ich glaube nicht, dass ausgerechnet die letzten Jahre ihn so verändert haben." Ich drückte ihre Hand. Am meisten fürchtete ich, dass sie weiterreden würde und mir dann das Gleiche wie in der Kirche passieren würde: tagträumen, wegdriften, einschlafen. Natürlich konnte ich an nichts anderes denken als an Sharon und daran, was genau sie an Klaus' Seite machte, aber im Vergleich zu meinen stummen Fragen wirkten die von Kathrin bieder und langweilig. Klaus interessierte mich bei der ganzen Geschichte am allerwenigsten, nicht seine frühere Version und kaum mehr die aktuelle.

„Weißt du, was mich am meisten quält?" Kathrin zog an meiner Hand, so dass ich widerwillig stehen bleiben musste. „Ich frag mich, ob uns das Gleiche passieren könnte. Wenn ich nicht mehr da sein würde – würdest du dir eine Sharon an deine Seite holen? Oder eine Monica?"

Mir verschlug es die Sprache. „Das ist eine Frechheit. Das nimmst du sofort zurück."

„Findest du sie nicht attraktiv?"

„Wen?"

„Bitte, Peter! Sharon natürlich."

„Sie ist doch gerade so nicht mehr minderjährig."

„Aber davon abgesehen."

„Ich bitte dich, Kathrin! Wie kannst du hier überhaupt vergleichen? Hast du den Kunstpelz gesehen? Und auch mal in den Spiegel geguckt?"

Es schienen die richtigen Worte zu sein. Kathrin lächelte mich dankbar ein und hakte sich bei mir unter. Leider konnte ich den Rest des Weges an nichts anderes denken als daran, dass ich mit Sharon in der gleichen Haltung den Bach entlang gelaufen war und dass der Wind ihren Pferdeschwanz gegen meine Schulter gepeitscht hatte. Bei der Gelegenheit hatte ich gemerkt, wie viel dunkler Monicas Haar gewesen war und dass sie Sharon um mindestens zwei Zentimeter überragte.

Der kleine Hund begrüßte uns wie alte Freunde. Der Tisch war schon gedeckt, und Sharon hatte sich umgezogen. Sie trug ein kurzes, tief ausgeschnittenes violettes Kleid mit Pailletten, hatte das Haar hochgesteckt und eine Spur zu großzügig ein Parfum aufgetragen, von dem Kathrin sofort niesen musste. Klaus hatte eine dunkle Hose und ein Hemd an.

„Ihr habt euch ja schick gemacht." Kathrin schubste den Hund von ihren Reisepantoffeln und schaute verstört von einem zum anderen. „Ich fürchte, wir sind auf diesen Dresscode gar nicht eingestellt."

Ich zog meine Wanderschuhe aus und lief auf Socken über das Mosaik aus Läufern unterschiedlicher Größe, das den Boden bedeckte. „Und ich sehe, ihr habt schon den Tisch gedeckt."

Auf dem Esstisch stand ein Raclette-Set, umrandet von einem halben Dutzend Schälchen. Der aufgeschnittene Käse roch penetrant und bildete eine ungute Allianz mit Sharons Parfum. Kathrin verschwand zum Händewaschen im Bad und blieb verdächtig lange dort. Ich nahm schon mal Platz und sah erst jetzt, dass sich in einer Ecke des Zimmers ein kleiner Berg an Geschenken stapelte.

„Wie war es in der Kirche?", fragte Sharon.

„Wie es in der Kirche war?" Ich sah sie verständnislos an. „Wie immer."

„Das klingt respektlos", sagte sie streng. „Es ist schließlich Weihnachten."

„Wie alt bist du eigentlich?" Ich bereute meine Frage sofort: Kathrin kehrte gerade in die Wohnküche zurück. Hätte ich diese Frage lieber für ihren nächsten Klobesuch zurückgestellt.

„Was schätzt du?", fragte Sharon zurück.

„Du maßregelst mich jedenfalls, als wärest du meine Mutter."

„Peter!", formten Kathrins Lippen vorwurfsvoll.

„Aber du siehst aus, als hättest du gerade Abitur gemacht. Unsere Tochter ist sechsundzwanzig, und wir rätseln schon die ganze Zeit, wie viel jünger du sein musst."

„Ich bin siebenunddreißig", sagte Sharon ohne zu lächeln.

„Nein!", riefen Kathrin und ich gleichzeitig.

„Soll ich euch meinen Ausweis zeigen?"

Klaus ließ sich neben mir auf den Stuhl fallen und lachte aus vollem Hals. „Man glaubt es nicht, oder? Ich hab ihr gleich am Anfang gesagt, die Leute werden mich für einen Pädophilen halten. Und sie macht gar nichts extra dafür, oder, Kleines? Ich meine, andere Frauen legen sich unters Messer, lassen sich aufspritzen, Botox und was weiß ich, und meine isst ständig irgendwelchen Schrott und kann jeden Mann unter den Tisch trinken, und schaut mal, wie sie aussieht!"

„Was heißt, ich mach nichts dafür?" Sharon war aus unerfindlichen Gründen beleidigt. „Weißt du, wie viel meine Creme kostet?"

„Und ob ich das weiß! Kathrin, jetzt setz dich doch mal hin, du hast dich doch auch super gehalten."

Auf Kathrins Wangen leuchteten zwei kreisrunde, rote Flecken auf, die sich langsam und ungleichmäßig ausbreiten. Mit einem Mal hatte ich ein Déjà-vu: Wir am gleichen Tisch, um ein Raclette-Set, und betretenes Schweigen in der Luft, weil Klaus schon wieder etwas gesagt hatte, was allen peinlich war. Almuts Verlegenheit, ihre Blicke in die Runde, mit denen sie um Verständnis warb. Wenn ich mich bloß an ihr Gesicht erinnern könnte! Aber ein Gefühl für die beiden war plötzlich da: Sie war die Feine, Belesene, er war grobschlächtig und zitierte die Bildzeitung.

Kathrin hätte es besser verkraftet, wenn Sharon erst zwanzig gewesen wäre, begriff ich. Man konnte manchmal nicht voraussehen, wo genau die Verletzungen lauerten. Ich werde sie heute Abend im Bett mit der Vorstellung trösten müssen, dass Sharon bestimmt in ein paar Jahren schlagartig altert, am besten gleich um Jahrzehnte. Auch mir hätte es besser gefallen, wenn Sharon jünger gewesen wäre. Monica war erst siebenundzwanzig, acht Monate älter als Johanna.

„Ich könnte da nie mithalten, danke, Klaus." Kathrin setzte sich gerade hin, nahm mit zitternder Hand ein Pfännchen aus der Raclette-Vorrichtung.

„Ich habe ja zwei Kinder großgezogen, die machen ganz schön alt."

„Gilt übrigens auch für mich", sagte ich.

„Wer sagt, dass Sharon keine Kinder großgezogen hat? Und nicht noch mehr großziehen wird?", donnerte Klaus.

Kathrin sah Klaus an. „Willst du damit sagen, dass?"...

„Er will gar nichts sagen", unterbrach Sharon sie. „Es ist nichts unterwegs. Ehrlich, ich hab mein Soll erfüllt. Jeremy ist grad bei seinem Papa."

„Du hast einen Sohn? Wie alt ist er?", fragte ich extra für Kathrin, der es wohl wieder die Sprache verschlagen hatte.

„Er wird bald neun."

„Warum ist er nicht hier?" Kathrin war wieder in der Lage zu reden.

„Ich hab meinem Ex dieses Jahr Weihnachten abgetreten. Hab mir gedacht, wenn Jeremy jetzt hier wäre, wäre das alles doch ein bisschen viel geworden. Außerdem wäre es viel zu eng. Wir können ihn ja schlecht zwischen uns ins Doppelbett legen."

Sie zwinkerte mir zu.

„Jeremy ist ein pfiffiges Kerlchen", sagte Klaus. „Macht einen noch mal jung, so ein Kind im Haus."

„Klaus hat sich schon das Knie zerschossen, weil er unbedingt mit Jeremy Fußball spielen wollte. Er verwöhnt ihn auch zu sehr. Ich war früher alleinerziehend, wir hatten es nicht so dicke, und die Dinge mussten einfach laufen. Bei Klaus ist alles entspannter. Er verzieht mir das Kind."

„Was soll ich auch tun, ich mag doch den kleinen Kerl so sehr."

Die Blicke und Worte flogen wie Pingpongbälle zwischen den beiden hin und her. Kathrin und ich sahen von einem zum anderen. Ich wurde das Gefühl nicht los, einer Realityshow beizuwohnen, obwohl ich eigentlich ein Ticket für eine Ausstellung der Landschaftsmalerei gekauft hatte.

„Ihr sollt ihn auch bald mal kennenlernen", sagte Klaus. „Ehrlich, der ist so klasse."

„Unbedingt", krächzte Kathrin. „Und wir werden dann auch nicht mit leeren Händen auftauchen."

„Sharon hat doch schon gesagt, ihr seid das größte Geschenk. Süße, hast du das Ding hier jetzt eigentlich eingeschaltet? Kathrin, soll ich dir was aufs Pfännchen tun?"

„Ich krieg es schon allein hin, danke."

Einige Zeit lang belegten Kathrin und ich, mit höchster Konzentration und dankbar für eine Gesprächspause, die kleinen Pfannen mit Pilzen und Paprikaschnitzen. Sharon machte ein Foto und tippte irgendwas in ihr Telefon.

„Postest du es bei Instagram?", fragte ich.

„Ich bin nicht bei Insta. Soll ich es dir vielleicht belegen, Klaus?"

„Ja, mach. Ich krieg's einfach nicht hin."

Kathrin sah von ihrem Pfännchen auf. Sharon hatte das Telefon neben den Teller gelegt und schichtete Käse und Zwiebelringe.

„Das haben wir damals übrigens auch gemacht", sagte Klaus, an Kathrin und mich gewandt. „Raclette. Als wir hier zusammen Silvester gefeiert haben."

„Ich bewundere deine Erinnerung, Klaus, ich wäre mir da echt nicht so sicher."

„Du hast doch selbst gesagt, dass sich ein Kind dran verbrannt hat."

„Oh." Kathrin klang ertappt. „Keine Ahnung, vielleicht hast du auch recht. Darf ich dich was anderes fragen, Klaus? Warum hast du uns ausgerechnet hierher eingeladen? Spielen wir das Silvester von damals nach? Nimm es nicht persönlich, Sharon."

Klaus sah hilfesuchend zu mir rüber. „Ähm. Gefällt es dir hier nicht?"

„Was ich meine", Kathrin hatte die geduldige Stimme, mit der sie wahrscheinlich auch zu ihren Erstsemestlern sprach. „Es ist nicht die nächstliegende Lösung, zu einem Treffen mit der neuen Freundin in ein Haus einzuladen, in dem man bereits vor vielen Jahren mit der verstorbenen Ehefrau in der praktisch gleichen Konstellation die Feiertage verbracht hat."

Klaus wirkte ratlos. „Ich dachte, zu uns nach Hause wollt ihr nicht, wäre vielleicht tatsächlich zu

viel auf einmal. Dachte, da kommen zu viele Erinnerungen hoch."

„Jetzt sag nicht, dass ihr noch im gleichen Haus
wohnt?"

„In welchem sonst?" Irgendwas roch inzwischen
verbrannt. Sharon zog mit einer schnellen Bewegung gleich mehrere Pfännchen aus dem Gerät.
Klaus legte ihr die Hand auf die Schulter. „Ich hatte erst versucht, was Neues zu suchen, aber findet
ihr mal so ein schönes Haus zu vernünftigen Kon-
ditionen. Meine Süße meinte, es ist einfacher,
wenn wir einfach gleich dort bleiben."

„Wirklich, Sharon?" Kathrin schob den ange-
brannten Käseklumpen auf ihren Teller. „Fandst
du es so gar nicht merkwürdig? Spukt da nicht der
Geist von Almut herum?"

Sharon zuckte mit den Schultern. „Bislang noch
nicht."

„Ich glaube, ich hätte da so etwas wie Schuldgefühle."

„Warum?" Sharon riss ihre Augen auf, die von
einem durchdringenden Blau waren. Ich fragte
mich, ob sie vielleicht gefärbte Kontaktlinsen
trug. Am Morgen war der Farbton noch weniger
intensiv gewesen.

„Glaubst du, Almut fände das gut?"

„Was soll sie dagegen haben?", fragte Sharon zurück. Seit wir wussten, dass sie nicht mehr Anfang
zwanzig war, waren die Unterhaltungen mit ihr
nicht einfacher geworden. „Ich hab sie weder

umgebracht noch hab ich ihr den Mann ausgespannt."

„Almut war eine tolle Frau", sagte Klaus. Das Messer, das er wie ein Kind in der geballten Faust hielt, schlug eine Spur zu heftig gegen den Teller. „Sie war vor allem großzügig. Sie hätte nie gewollt, dass ich allein bleibe, warum denkt ihr so einen Quatsch überhaupt?"

„Stell dir vor, sie würde jetzt zuschauen, meinetwegen von einer Wolke." Kathrins Stimme zitterte verräterisch. „Was würde sie jetzt zu der Situation sagen? Was schätzt du?"

„*Wie schön, dass unsere alten Freunde mal wieder da sind*", sagte Klaus ohne nachzudenken.

„Bist du dir sicher? Nicht eher so etwas wie: *Wie konnte er mich so schnell ersetzen? Warum sitzen die um den gleichen Tisch wie wir damals? Hätten sie nicht wenigstens an einen anderen Ort fahren können?*"

„Ich verstehe euch nicht", sagte Sharon. „Warum hackt ihr die ganze Zeit auf ihm herum? Wäre es euch lieber gewesen, wenn er einsam und depressiv wäre?"

Kathrin und ich wechselten Blicke und sagten nichts. In Sharons unrealistisch blauen Augen flackerte Erkenntnis auf.

„Ihr habt ein Problem mit mir. Ich bin euch nicht fein genug."

„Wie kannst du so etwas denken!" Kathrins Stimme klang vor Verlogenheit verschnupft.

„Ich hab euch nicht genug Bücher gelesen."

„Beruhig dich, Baby, das denken sie sicher nicht", sagte Klaus beschwichtigend. „Ich hab auch nicht so viele Bücher gelesen."

„Aber Almut hatte viele gelesen!", flüsterte Kathrin mit tränenerstickter Stimme. „Wir haben uns immer darüber unterhalten, und jetzt fehlt sie mir, darf ich das gar nicht mehr sagen?"

„Darfst du", sagte Sharon. Sie stand auf und ging zur Eingangstür, kickte die Pumps von den Füßen, stieg in die hohen Stiefel.

„Was hast du vor?", fragte Klaus besorgt.

„Ich muss mal an die frische Luft."

„Doch nicht bei dem Mistwetter."

„Bin gleich wieder da." Sie wickelte sich den Leopardenschal um den Hals, schlüpfte in die weiße Kunstpelzjacke.

„Mach mir keine Angst, Süße."

„Chill einfach, Klausi." Sie angelte nach der Hundeleine, trat durch die Tür und verschwand in der Dunkelheit.

„Na bitte." Klaus lehnte sich zurück. „Das habt ihr fein gemacht."

Es gab nicht viel, was ich jetzt tun konnte. Klaus saß unbeweglich da und starrte auf seinen Teller, als könne er nicht glauben, dass Sharon wirklich gegangen war. Kathrin hatte Tränen in den Augen. Ich schichtete das fein geschnippelte Gemüse auf mein Pfännchen und bedeckte es mit einer Scheibe Käse. Ich machte mir nichts aus Raclette und hatte es all die Jahrzehnte nicht vermisst. Aber jetzt hatte ich Hunger. Der Käse schmolz, ich nahm mir etwas vom aufgeschnittenen Baguette, eine Kartoffel, eine Essiggurke. Es schmeckte gar nicht so übel.

„Soll ich dir auch was zurechtmachen, Klaus?" Kathrins Stimme zitterte schuldbewusst. „Und, verzeih mir bitte die Frage, hatte Almut dir auch immer das Pfännchen befüllt? Ich kann mich einfach nicht erinnern. Aber es passt irgendwie nicht zu meinem Bild von ihr."

Klaus sah sie mit einem schwerfälligen Blick an.

„Vielleicht stimmt aber auch etwas mit meinem Bild nicht", murmelte Kathrin, bevor er antworten konnte. „Was möchtest du drauf?"

Er deutete mit dem Finger, und ich sah staunend zu, wie sie ein Pfännchen nach dem anderen nach seiner Anleitung belud.

„Sollten wir nicht Sharon suchen gehen?" Dieses Essen machte schnell satt, und auf einmal war auch mir nach frischer Luft.

„Lass mal", sagte Klaus. „Gib ihr etwas Zeit."

„Es war so unfassbar taktlos von uns. Glaubst du, sie verzeiht uns?"

„Bestimmt", sagte Klaus. „Im Grunde hat sie es genauso vorausgesehen. Sie hat es mir damals gleich gesagt: Alle deine Freunde werden mich hassen. Sie werden denken, wir haben am Sterbebett ein Techtelmechtel angefangen."

„Aber ...", an Kathrins Wimpern hing eine Träne, „war das denn nicht so?"

„Wir haben schon abgewartet, bis Almut tot war."

„Das macht die Dinge nicht besser, Klaus."

„Sie hatte nichts dagegen!" Klaus schlug mit der Faust auf den Tisch. „So eine süße Krankenschwester, hat Almut gesagt, genau dein Typ, Klausi."

„Es tut mir so leid, aber das würde dir kein Mensch glauben, wirklich."

„Warum nicht? Ich war anständig geblieben, als Almut mich damals verlassen hatte, ich hab ihr kein böses Wort gesagt. Sie wäre erleichtert gewesen, wenn ich auch jemanden hätte."

Ich stand auf, zog die Wanderschuhe an, ging im Dunkeln zum Auto, mit meinem Handy leuchtend. Ich schickte ein paar Strahlen in die totale Finsternis Richtung Feld, aber natürlich war nirgends eine Spur von Sharon. Ich öffnete den Kofferraum und hob die mitgebrachte Weinkiste heraus. Ich hatte vergessen, den Wein reinzuholen, aber das Schaumzeug in Klaus' Kühlschrank konnte ich genauso wenig ertragen wie das angebotene Bier. Wieder drin, zog ich, ohne um Erlaubnis zu fragen, die richtige Schublade auf und holte einen Korkenzieher heraus.

Der Rotwein war eisig, aber mir war es egal.

„Du und Almut, ihr wart getrennt?", fragte Kathrin hinter meinem Rücken. „Ihr habt nie etwas gesagt."

„Das war doch der Grund, warum wir aufgehört hatten, euch zu sehen", sagte Klaus. „Wir hatten ja praktisch den Kontakt eingefroren. Ich hoffe, ihr habt euch nicht allzu sehr zurückgesetzt gefühlt. Es war halt alles schwierig. Ich glaube, Almut war das vor allem peinlich. Wirklich, ich war immer glücklich mit ihr, aber sie ... das weißt du ja selbst. Sie ist so fein gewesen, und ich bin grob, ein Rüpel. Sie hatte was mit ihrem Kollegen angefangen, die Arme."

„Wieso die Arme?" Ich drehte mich um. „Du musst doch wütend gewesen sein."

„Wütend?", fragte Klaus zurück. „Nee. Sie hatte es echt schwer, war so zerrissen und unglücklich. Ich hatte den Typ ein paarmal gesehen, ich hätte ihr gleich sagen können, dass er ein Arschloch ist und seine Frau garantiert nicht für sie verlassen wird. Hatte ja auch recht. Sie sagte, unsere Freunde brauchen nicht sofort alles zu wissen, wir geben uns alle ein bisschen Zeit, und irgendwann werden sich die Dinge ganz natürlich entwickeln. Ich hatte ihr gleich gesagt, die meisten würden sie verstehen, dass sie mich verlässt. Vor allem du, Kathrin. Du fandest mich doch immer danebem."

„Stimmt doch gar nicht", sagte Kathrin wenig überzeugend. „Und überhaupt, ich hatte keine Ahnung. Ich hätte es gerade bei euch wirklich nie gedacht. Ihr wart ein tolles Paar."

„Ich sag doch, du bist eine Liebe. Der Typ hat sie dann noch schneller als gedacht sitzen lassen, und dann war Almut eigentlich ganz froh, dass wir noch nicht geschieden waren, dass keiner von der Trennung gewusst hat. Nicht, dass sie alles ungeschehen machen wollte, aber es tat ihr wohl ganz gut, erstmal nach Hause zurückzukommen. Ich meine, es fühlt sich schon ziemlich bescheuert an, wenn so eine neue Beziehung nicht funktioniert. Denk ich. Jedenfalls hatte sie ein schlechtes Gewissen und bat mich, ihr noch Zeit zu geben. Nicht einmal die Kinder wussten Bescheid. Offiziell sollte alles zwischen uns wie immer sein, wir sind auch zu zweit ausgegangen. In unserem Alter merkt man ja nicht, ob man als Paar oder als Freunde unterwegs ist." Er lächelte traurig.

„Das tut mir echt so leid, Klaus."

„Dann ist sie aber aus heiterem Himmel krank geworden, und wir waren damit beschäftigt. Ich hab mich natürlich gekümmert, so gut ich konnte, was sollte ich auch sonst tun. Brach mir ja selbst das Herz. Und es war auch sonst keiner da, sie hatte ja damals, wie gesagt, fast alle Kontakte eingefroren. Ich war natürlich keine große Hilfe, hab sie halt überall hingefahren, ihre Hand gehalten, sie getröstet. Man ist froh, irgendwas tun zu können."

„Och, Klaus", stöhnte Kathrin.

„Das ist also die Geschichte. Mir wäre es natürlich lieber gewesen, die Leute hätten von Almut gehört, wie es um uns stand, aber jetzt ist zu spät. Offiziell bin ich Witwer, und ich wollte es ihr zuliebe auch nicht anders darstellen. Die Beerdigung war schrecklich, natürlich war ich fertig, aber es ist trotzdem ein Unterschied, ob die eigene Frau stirbt oder die Ex. Ich hatte das Gefühl, jedem ins Gesicht zu lügen. Wegen meiner Süßen hat es mir auch leidgetan, aber sie hatte Verständnis, Almuts Wille ging vor. Sharon war ja die ganze Zeit dabei, hat alles mitorganisiert, keiner hat's gemerkt. Sie ist so eine Gute. Mir ist es egal, wenn mich alle für ein Arschloch halten, ich hatte eine super Frau, jetzt habe ich schon wieder eine tolle – kein Grund zur Klage."

Ich spürte das Glas eisig in meiner Hand. Es war still geworden. Kathrin stand auf, legte von hinten die Arme um Klaus, drückte ihre Wange an seinen Kopf. Wenn sie ein schlechtes Gewissen hatte, konnte sie zärtlich werden.

Ein Klingelton riss sie aus der Umarmung. Wir sahen uns um. Sharon hatte ihr Smartphone auf dem Tisch liegen lassen, das Bild eines dunkelhaarigen Jungen leuchtete auf dem Bildschirm. Kathrin reichte das Telefon Klaus, er entsperrte es.

„Jeremy? Was ist los?"

Die fordernde Jungenstimme füllte undeutlich das Zimmer, obwohl das Gerät nicht auf laut gestellt war.

„Sprich langsamer, Kerl, dein Stiefvater ist ein alter Mann."

Es wurde ein wenig leiser.

„Du sollst nicht so über deinen Vater reden, der versucht es, so gut er kann."

Wieder die empörte Kinderstimme.

„Mama geht gerade spazieren, sie ruft dich später zurück. Ich sitz hier mit Freunden. Nee, der Weihnachtsmann war noch nicht da."

Der Junge redete weiter. Klaus warf uns einen Blick zu, mit dem er um Entschuldigung bat. Wir winkten ab, durch übertriebene Gestik Verständnis signalisierend, beide dankbar für eine Verschnaufpause im Gespräch.

„Wenn der Weihnachtsmann auch für dich hier was vorbeibringt, dann pack ich es aus und spiele selbst damit", sagte Klaus in den Hörer.

Kathrin, die unverhohlen lauschte, lächelte mir unter Tränen zu.

Gerade noch wirkte Klaus entspannt und wohlig müde, vielleicht auch einfach pappsatt nach den vielen Pfännchen, die Kathrin ihm, ohne an Käse zu sparen, bereitet hatte. Doch plötzlich saß er wieder aufrecht, und in seine schläfrige Stimme schlichen sich panische Noten ein.

„Wo könnte sie hingegangen sein? Erinnert sich wer, wann sie genau gegangen ist? Regnet es noch?"

Kathrin zog sich einen zweiten Pullover über und suchte ihre Handschuhe.

„Macht Sharon das öfter?", fragte ich.

„Was?"

„Dass sie mitten im Gespräch frische Luft braucht."
Klaus zuckte mit den Schultern. „Wenn die Leute
nicht so doof zu ihr sind, wie ihr es gerade wart,
dann eigentlich nicht."

Auf Kathrin hatte die neue Wendung versöhnlich
gewirkt. Ich dagegen fühlte mich am Boden zer-
stört, so sehr ich mich auch gegen den Gedanken
wehrte, dass etwas, was Klaus und Sharon miteinander taten, einen Einfluss auf mich und mein
Leben haben könnte. Ich nahm es Klaus und vor
allem Almut übel, dass sie niemanden eingeweiht,
so viele Leute gezielt im Unklaren gelassen hatten.
Ich ärgerte mich darüber, dass es eine Übernach-
tung und fast zwei Tage gedauert hatte, bis Klaus
selbst halbwegs in der Lage gewesen war, die Konstellation zu schildern, und auch das eher durch
Zufall. Wäre Sharon nicht weggelaufen, hätte uns
niemand dran gehindert, die beiden weiterhin für
Ehebrecher unter den denkbar unangenehmsten
Umständen zu halten, was mir moralische Über-
legenheit spendiert hatte. Nun war ich stattdessen der Schlimmere, dazu noch missgünstig und
ungerecht.

Ich sah nicht ein, warum wir uns auf einmal ausgerechnet um Sharon Sorgen machen mussten.

„Sie geht schon nicht verloren, oder?"

„Nicht, wenn sie nicht will." Klaus' Panik spitzte
sich mit jeder Sekunde zu.

Er hat Angst, dass sie ihm wegläuft, dachte ich.
Nach all den Jahren kann er es selbst noch nicht

fassen. Er guckt sie jeden Tag an und glaubt sein Glück nicht und stellt sich darauf ein, dass es jederzeit zu Ende sein könnte.

„Warum heiratet ihr nicht?", fragte ich, als wir aus der Tür traten. „Vielleicht würde das die ganze Situation entspannen."

„Meinst du?" Klaus drehte mir sein rundes Gesicht zu, die Lippen glänzten fettig im Licht der Taschenlampe.

„Klar. Kinder, Freunde und alle anderen, die ihre Nasen gern in fremde Angelegenheiten stecken, werden einfach vor vollendete Tatsachen gestellt. Eine Ehefrau hat einen ganz anderen Status, und Fragen verbieten sich."

„Ehrlich, Peter, also, ich weiß nicht."

„Probiert es einfach aus."

„An mir liegt es nicht. Ich würde sie ja sofort heiraten."

„Aber?"

„Sie ist noch verheiratet", gestand Klaus widerwillig.

„Mit Jeremys Vater?" Kathrin drehte sich neugierig zu ihm.

„Nee. Mit nem anderen."

Wir wandten uns alle um und sahen gleichzeitig aufs Feld. Die Dunkelheit wirkte undurchdringlich wie ein schwarzer Stoffvorhang.

„Wie sauer war sie vorhin?", fragte ich.

„Mmmhh ... ich schätze, so mittel. Wenn sie richtig sauer ist, fliegen schon mal die Gläser gegen die Wand."

Klaus rechnete etwas im Kopf aus und steuerte den Weg Richtung Dorf an.

Wir liefen an den Häusern vorbei, die aussahen, als hätte sie jemand kurz vor der Fertigstellung aufgegeben.

„Ferienhäuser", beantwortete Klaus meine unausgesprochene Frage. „Das Bauland ist billig, die Frage ist nur, was macht man damit, wenn man es hat? Schon die Einheimischen ziehen weg, die Jüngeren gehen in die Städte."

Von Kathrin und mir kam kein Widerspruch.

Als wir die Durchfahrtstraße passiert hatten, kam ein Windstoß, der scheinbar auch die Wolken wegpustete. Plötzlich standen wir im Mondschein, der den Pfützen ein silbriges Aussehen verlieh und unsere Gesichter bedeutender wirken ließ, als sie in Wirklichkeit waren.

„Heiligabend", sagte Klaus ergriffen. „Hab ich ganz vergessen. Nick und Denise haben nicht angerufen. Nur der kleine Jeremy."

„Ruf du sie doch selbst an."

„Das werde ich", sagte Klaus. „Da könnt ihr Gift drauf nehmen."

Ich musste daran denken, dass auch unsere Kinder uns nicht angerufen hatten. Vielleicht waren sie wegen unserer recht kurzfristig angekündigten Abreise beleidigt, so sehr Kathrin auch betont hatte, dass es nicht darum ging, am wichtigsten Familienfesttag ihrer Gesellschaft zu entfliehen.

Plötzlich hatte ich das dringende Bedürfnis, ihre Nummern zu wählen.

Ich steckte die Hand in die Hosentasche, tastete nach dem Telefon, drückte herum. Das Gerät vibrierte hörbar.

„Muss rangehen. Lauft schon mal vor", sagte ich.

Als Kathrin und Klaus um die Ecke gebogen waren, löschte ich den Eintrag mit Andi Müllers Nummer aus der Telefonliste und wählte Johannas Nummer. Ich hatte nicht damit gerechnet, dass sie dranging: Normalerweise erreichte ich sie in neun von zehn Fällen nicht. Ich hasste es, auf ihre Mailbox zu sprechen, stattdessen rief ich sie mehrmals hintereinander an und trieb sie mit unzähligen verpassten Anrufen zur Weißglut. „Papa! Einer reicht, ich rufe doch sofort zurück, hinterlass bitte einfach eine Nachricht!"

So hatte ich auch diesmal Johannas Stimme im Hörer zuerst für die Ansage auf ihrer Mailbox gehalten und wollte schon auflegen.

„Papa! Was ist los? Warum sagst du nichts? Ist alles okay?"

„Alles okay", echote ich, plötzlich gerührt.

„Frohe Weihnachten, Papa. Ist Mama auch bei dir?"

„Sie ist mit Klaus vorgegangen."

„Mit Klaus? Ich dachte, ihr wollt zu zweit nach Spiekeroog. Ihr seid mit Klaus zusammen?"

„Wir sind dann doch in die ganz andere Richtung gefahren. Wir sind jetzt auf dem Land."

„Oh, wieder in dieser Hütte?"

„Wieso weißt du überhaupt noch, wer Klaus ist?" Ich konnte es kaum glauben.

„Natürlich weiß ich, wer Klaus ist. Klaus und Almut, wir waren doch immer zusammen im Urlaub."

„Du erinnerst dich?"

„Mein Gott, Papa, wir haben doch so viel zusammen unternommen, als ich klein war."

„Das ist doch eine Ewigkeit her."

„Aber es war so schön, wir hatten immer so viel Spaß mit Nick und Denise."

„Du weißt ihre Namen noch?"

„Was ist mit dir los, du klingst so komisch."

Ich wusste nicht, wie ich weiterreden sollte. Plötzlich fragte ich mich, wie viel ich meiner Tochter erzählen durfte. Offenbar existierten in ihrem Kopf deutlich schönere Erinnerungen als in meinem, und ich wollte sie nicht kaputtmachen.

„Aber warte, Papa. Almut ist doch gestorben."

Ich atmete aus. „Das stimmt."

„Ich hab's für nen Moment vergessen, weil wir sie ja auch seit Ewigkeiten nicht gesehen haben. Warum eigentlich nicht? Hattet ihr Streit?"

„Nein, kein Streit. Eine lange Geschichte", sagte ich heiser.

„Du klingst so komisch."

„Das ist der Wind hier, verzerrt meine Stimme."

„Aber wie geht's Klaus?"

„Ganz gut", sagte ich, jedes Wort abwägend.

„Der muss doch jetzt so einsam sein, der Arme, und ausgerechnet an Weihnachten. Es ist echt nett von euch, dass ihr bei ihm seid."

„Klaus hat eine Freundin", sagte ich.

„Oh", sagte Johanna mit einer veränderten Stimme. „Das ist ... gut für ihn."

„Ich erzähl dir alles bei Gelegenheit, okay?"

„Okay." Sie klang nicht so, als ob sie es dringend wissen wollte.

„Mama meldet sich später auch noch. Und überhaupt, wie ist es bei dir?"

„Bei mir ist es super. Bis später, muss los!" Im Hörer war nichts mehr.

Ich hielt ihn in der Hand, angewärmt von meinem Ohr und meinem Atem, ging die Liste der Anrufe nochmal durch. Andi Müller tauchte hier und da auf, bei früheren Löschaktionen übersehen. Ich machte sauber, fühlte mich aber dadurch nicht besser. Auch dann nicht, als ich das Adressbuch öffnete und den Eintrag komplett löschte.

Ich fand Kathrin und Klaus auf dem Vorplatz vor dem Bauernhof. Sie standen nebeneinander in der geöffneten Stalltür und unterhielten sich mit jemandem, der offenbar im Stall war. Ich kam näher und ging auf Zehenspitzen, um über ihre Schulter zu gucken. Ich entdeckte Sharon, die neben einem Kälbchen hockte und es an ihren

Fingern saugen ließ, wohlwollend beobachtet von der Bäuerin.

Sharon lächelte mich an, sie wirkte nicht beleidigt und nicht einmal schlecht gelaunt. Ich lächelte, ohne es wirklich zu wollen, zurück. Dabei war ich immer noch sauer, und zwar ausgerechnet auf sie. „Worum geht's grad?"

„Wir haben hier alle nur ein Thema", sagte Kathrin, und ich schaffte es nicht, falsche Töne in ihrer Stimme aufzuspüren. „Almut."

Die Bäuerin und Sharon verstanden sich sehr gut, woraus ich schloss, dass Erstere über die Hintergründe der Beziehung von Anfang an viel besser informiert gewesen war als der Rest der Welt. Vielleicht war Almut in diesem Wochenendhaus mit ihrem Liebhaber gewesen, vielleicht hatte sie ihn im Ort nicht versteckt und offen vom Ende ihrer Ehe erzählt. Klar, dass Klaus in diesem Licht wie ein Heiliger wirken musste, dem nur die missgünstigsten Leute kein neues Glück gönnen würden.

Es sah aus, als könnten die Bäuerin und Sharon endlos miteinander quatschen, was bei mir merkwürdige Neidgefühle weckte. Klaus schaffte es auch nicht, die Unterhaltung zu beenden, so dass ich mich irgendwann einmischen und behaupten musste, dass meine Füße ganz nass waren.

„Das vorhin tut uns so leid, Sharon."

Sharon, auf dem Rückweg zum Haus in eine Duftwolke des Kuhstalls gehüllt, fest im Arm des endlos schuldbewussten Klaus, sah Kathrin fragend an. Vielleicht war das nicht der beste Moment für eine Entschuldigung. Ich zum Beispiel hätte eher darauf gewartet, bis sich die beiden wieder aus ihrer Verkeilung gelöst hätten, an die ich mich immer noch nicht gewöhnt hatte.

„Wir hatten keine Ahnung von eurer ganzen Geschichte", fuhr Kathrin fort. „Wir hatten uns einfach die falschen Sachen gedacht. Bitte verzeih."

„Was?"

„Wir hätten sicher anders reagiert, wenn wir gewusst hätten, wie sich die Dinge in Wirklichkeit entwickelt haben."

Ich hatte das Gefühl, dass Kathrin es mit jedem Wort schlimmer machte. Wären wir am Tisch gewesen, hätte ich auf ihren Fuß treten können. So aber wechselte ich die Position, stellte mich neben sie und versuchte, sie in die Seite zu kneifen. Sie missverstand es und verbog sich lachend. „Warum kitzelst du mich?"

„Streng genommen", sagte Sharon, irritiert von Kathrins merkwürdigem Kichern, „ging es ja auch niemanden was an, wie sich die Dinge in Wirklichkeit entwickelt haben."

„Aber du verstehst doch, dass es nicht das Gleiche wäre, wenn Almut und Klaus damals noch zusammen gewesen wären und ihr quasi direkt am Sterbebett eine Affäre angefangen hättet!"

„Wir haben aber genau am Sterbebett eine Affäre angefangen", sagte Sharon.

„Es ist aber eine ganz andere Geschichte, wie wir inzwischen wissen."

„Ist mir zu hoch", sagte Sharon. „Ist aber auch egal. Welche Geschichte es auch ist, es ist nicht eure Geschichte."

„Natürlich nicht", sagte Kathrin voller Reue.

„Es ist einfach die total persönliche Geschichte von Klaus und mir."

„Und Almut", murmelte Kathrin kleinlaut.

„Eigentlich nicht. Almut ist cool, aber das hier ist definitiv nicht mehr ihre Geschichte."

„Für mich schon", sagte Kathrin. „Verzeih, Sharon, vielleicht wird sich das eines Tages ändern. Aber im Moment ist es so. Ich betrete dieses Haus und denke an Almut. Ich sehe deinen Hund und erinnere mich daran, dass Almut Angst vor Hunden hatte. Ich sehe das Raclette und frage mich, warum wir nicht etwas anderes essen können. Ich kann einfach nicht anders."

Wir waren am Haus angekommen, Klaus hielt uns die Tür auf. Ich sah sein erschrockenes Gesicht, die Vorahnung eines neuen Gefühlsausbruchs, die stumme Frage an mich, ob Sharon jetzt wieder in der Dunkelheit verschwinden müsste oder ob diesmal vielleicht meine Frau damit an der Reihe war.

Sharon war stehen geblieben und hatte Kathrin aufmerksam zugehört.

„Wie hast du das eben gesagt: Vielleicht wird sich das eines Tages ändern?"

„Äh … ja. Weiß nicht mehr genau. Irgendwie so."
Sharon machte einen Schritt auf Kathrin zu und
umarmte sie unvermittelt. „Du bist wirklich lieb.
Danke dir. Damit hab ich gar nicht gerechnet."

Wir räumten das Raclette-Set weg. Ich spülte die
kleinen Pfannen, und Klaus trocknete ab, wobei er
mit dem Handtuch hantierte, als hätte er noch nie
so etwas Seltsames in den Händen gehalten. Sharon brühte Tee auf und füllte Kekse aus einer runden Engelsdose auf einen großen Teller, riss Pa-
ckungen mit Dominosteinen und Lebkuchen auf.
„Erst Bescherung, dann spielen wir ein Spiel", ordnete sie an.
Kathrin warf einen bangen Blick in die Ecke, wo
sich die Geschenke stapelten.
„Können wir nicht erst spielen?"
„Du weißt schon, dass ihr sie früher oder später
sowieso auspacken müsst?"
„Wir haben halt nichts für euch."
„Ich glaube, das hast du noch nicht oft genug gesagt."
Ich konnte nicht einschätzen, ob Sharons gespielt
brüsker Tonfall Kathrin imponierte. Sie hatte
mehrere enge Freundinnen, und ich war nie Zeu-
ge irgendwelcher Kabbeleien zwischen ihnen gewesen. Kathrin nannte ihre Art, miteinander um-
zugehen „behutsam" und „verletzungsarm".
Nachdem sie einen Kurs zur „aggressionsarmen
Kommunikation" besucht hatte, erinnerten mich

ihre Gespräche mit anderen Frauen an einen Tanz auf rohen Eiern, die bei mir die Lust auslösten, mit einer Beschimpfung reinzuplatzen und zu schauen, was dann passieren würde.

„Ich hab ewig kein Spiel gespielt", sagte Kathrin. „Wir haben es über die Jahre richtig vermisst, stimmt's, Peter?"

„Eigentlich nicht." Ich hatte meinerseits keinen Kurs zur aggressionsarmen Kommunikation besucht und hatte es auch nicht vor.

„Das waren noch Zeiten, als man ohne ein Uno-Spiel nicht verreisen durfte und wir uns im Auto immer Ratespiele ausdenken mussten", schwärmte Kathrin laut. „Was habt ihr eigentlich für Spiele da?"

Es schien ihr zu gelingen, das Auspacken der Geschenke noch ein wenig hinauszuzögern. Sharon knallte mehrere Kisten auf den Tisch, darunter eine Spielesammlung mit „Mensch ärgere dich" und „Mühle".

„Oh, da ist doch Nick damals so ausgetickt, als er verloren hatte", sagte Kathrin.

Sharon runzelte die Stirn. „Nick? Ausgetickt? Kann ich mir gar nicht vorstellen."

„Du warst doch gar nicht dabei", sagte Kathrin, ihre Stimme war nicht gerade aggressionsarm. „Wie gut kennt ihr euch überhaupt, wenn ihr euch nie seht?"

„Es reicht, um zu wissen, dass Nick ruhig und entspannt ist", sagte Sharon mit fester Stimme.

„Also habt ihr doch irgendwelchen Kontakt?"
Sharon sah kurz zu Klaus rüber. „Nee."
Das Telefon klingelte, als wir uns gerade darauf
geeinigt hatten, keines der Spiele aus der Kiste
auszuwählen. Wir diskutierten so lange, dass ich
mich an Abende erinnert fühlte, an denen die Kinder sich stundenlang nicht auf ein Spiel einigen
konnten und ich irgendwann die Geduld verlor,
den Spieleabend vorzeitig beendete und alle ins
Bett schickte. Das hätte ich jetzt am liebsten auch
getan, aber Sharon setzte sich durch und be-
stimmte, dass wir „Wer bin ich?" spielten. Wir
schrieben Namen berühmter Persönlichkeiten auf
zurechtgeschnittene Papierrechtecke und klebten
sie unserem jeweiligen Gegenüber mit einem
Stück Tesafilm auf die Stirn.
Ich hatte zu spät kapiert, dass ich den Zettel für
Sharon beschriften musste. Ich befestigte das
Papier unter ihrem Haaransatz und versuchte,
ihren Blick zu ignorieren, mit dem sie anscheinend vorhatte, das Spiegelbild in meinen Pupillen
zu lesen. Inzwischen bereute ich auch meine Wahl
– *Madeleine Albright*. Sharon hatte Kathrin *Harry
Potter* auf die Stirn geklebt, Kathrin hatte den Zettel für Klaus mit *Dalai Lama* beschriftet.
Kathrin drückte ihren Zettel fester auf die Stirn
und schaute erst dann nach dem verpassten Anruf
auf ihrem Telefon. „Es ist Jonas. Ich rufe mal
schnell zurück."

„Willst du dafür nicht ins Schlafzimmer ...?", begann ich, aber sie hatte schon die richtige Taste gedrückt.

Sie musste aus Versehen den Lautsprecher aktiviert haben. Kathrin presste den Hörer ans Ohr und bekam gar nicht mit, dass wir es alle hörten.

„Hi, ich höre, ihr feiert Weihnachten mit Almut und Klaus?"

„Woher weißt du das?", Kathrin bemühte sich, bei ihren Antworten maximal diskret zu sein.

„Johanna hat mit Papa telefoniert."

„Hat er mir gar nicht erzählt."

„Hätte ich noch", mischte ich mich ein und machte Kathrin Zeichen, die sie nicht verstand. Offenbar überlegte sie gerade, wie sie unseren Sohn unauffällig daran erinnern konnte, dass Almut tot war.

„Ach Quatsch, Almut ist doch tot, ich verdränge es die ganze Zeit. Ich meine die neue Freundin. Wie ist sie eigentlich so?", fragte Jonas.

„Sehr nett", säuselte Kathrin.

„Danke", sagte Sharon laut. „Jonas, wir können dich alle hören."

„Ups." Die Stimme meines Sohnes veränderte sich.

„Mama, warum warnst du mich nicht vor? Ich hätte doch auch lästern können. Liebe Grüße in die Runde. Klaus, bist du auch da?"

Klaus räusperte sich ausführlich, bevor er einsilbig seine Anwesenheit bestätigte.

„Hi, Klaus. Cool, dich wiederzuhören. Tut mir nochmal so leid mit Almut, ich konnte leider wegen einer Klausur nicht zur Beerdigung kommen. Freut mich, dass du eine neue Liebe gefunden hast."

„Danke", brummte Klaus.

„Ich denke total gern an unsere gemeinsamen Abende zurück. Seid ihr in diesem schnuckligen Häuschen? Johanna hat sich doch mal so fies am Raclette verbrannt. Und Nick einmal die Krise gekriegt, als er beim Monopoly verloren hatte."

„Das war doch Nick, oder?", schaltete sich Kathrin ein. „Wir waren uns nicht einig."

„Oh, jetzt bin ich auch nicht mehr sicher. Irgendeiner ist komplett durchgedreht."

„Vielleicht du?", fragte Sharon. „Ich bin übrigens die Neue."

„Freut mich sehr. Ihr seid cool, ihr seid klasse, wie ihr es zusammen packt. Ich leg mal wieder auf, muss noch paar Leute anrufen. Was macht ihr überhaupt gerade?"

„Wir spielen *Wer bin ich*", sagte Kathrin.

„Haben wir damals doch auch schon gespielt. Okay, herzliche Grüße an alle, ich leg jetzt auf."

Es wurde still. Kathrin steckte das Telefon ein.

„Seinen Segen hätten wir schon mal", bemerkte Klaus.

„Er ist sehr sympathisch", sagte Sharon. „Ist er Radiomoderator?"

„Nein. Er ist ein halber Anwalt."

„Können wir endlich spielen?"

Es war eine Qual, mit den beiden zu spielen. Kathrin hatte ihre Person nach drei Fragen erraten. Ich hatte ein wenig länger gebraucht, weil ich es nicht für möglich gehalten hatte, dass Klaus *Uschi Glas* auf meinen Zettel geschrieben hatte.

Klaus dagegen war nicht in der Lage, den gesuchten Personenkreis einzuschränken. Anstatt die Kategorien wie *real* und *fiktiv* oder *historisch* und *aktuell* durchzugehen, stellte er chaotische Fragen und rief unsystematisch Namen von Politikern und Schauspielern aus. Ich hatte wieder einen Flashback: Almuts peinlich verzogene Grimasse, mehr ein Schema als ein Gesicht, an das ich mich so gern erinnert hätte, dass es mich zunehmend quälte, dazu nicht in der Lage zu sein. Nachdem Kathrin und ich unsere Personen aufgelöst hatten, wechselten sich Sharon und Klaus mit den Fragen ab. Ich nahm anerkennend zur Kenntnis, dass Sharon zielstrebiger und strukturierter vorging, als ich ihr zugetraut hätte. Als sie recht schnell bei der Kategorie der weiblichen nichtdeutschen Politikerin angekommen war, stockte die Sache. Sie schien keine einzige zu kennen und nannte irgendwelche ausgedachten Namen, so dass Klaus sofort wieder an die Reihe kam.

„Es war eine blöde Wahl von mir." Mir tat es inzwischen aufrichtig leid. „Komm, Sharon, wir betrachten es als aufgelöst. Mein Fehler."

„Nein." Sie war stur, und mir war, als würden ihre Augen verdächtig glänzen.

„Ist echt schwer, Baby." Klaus versuchte, sie zu umarmen, sie wand sich heraus. Klaus hatte endlich seine Person aufgelöst und schaute mitleidig zu, wie Sharon angestrengt die Stirn runzelte, schwitzte, mit einem Mal sogar älter aussah als vorher.

„So ein Kack, ich komm einfach nicht drauf!"

Ich konnte es mir nicht länger ansehen und löste es auf.

„Ich wäre auch nie im Leben drauf gekommen", beteuerte Kathrin.

„Ich hab den Namen noch nie gehört", sagte Sharon.

„Dafür," sagte ich. „kannst du dich jetzt mit den Geschenken rächen."

Kathrins größte Angst war, so viel wusste ich, dass Sharon etwas viel zu Wertvolles schenken würde. Kathrin schien in dieser Hinsicht einen integrierten Taschenrechner zu haben, der sie immer dran erinnerte, in welcher Schuld sie gegenüber dem Schenker stehen würde, wenn das Geschenk einen Anstandspreis überstieg. Meine größte Angst wiederum war, dass Sharons Geschenke ein Bild von uns zeichnen würden, das ebenso unvorteilhaft wie treffend war. Ich hätte zum Beispiel geschmunzelt, wenn ich den Krimi-Jahresbestseller ausgepackt hätte, ein Buch, dass unsere kleine Stadtteilbuchhandlung aufgrund dessen mangelnden literarischen Wertes nicht einmal führte und das ich sehr gern lesen würde, der historischen Sachbücher und Politiker-Biografien überdrüssig geworden. Andererseits traute ich Sharon auch einen Ratgeber zur Darmgesundheit zu. Kathrins Hasslieblinge unter den Geschenken waren dagegen Duschgels und Früchtetees, und dennoch verbrauchte sie beides mit großer Freude. Ihre offene Begeisterung galt eher handsignierten Aquarellen und als Kunstobjekt getarnten, unklaren Formen aus irgendeinem harten Material.

„Wie kannst du uns überhaupt etwas schenken?", fragte Kathrin. „Wir kennen uns doch gar nicht. Und, sorry Klaus, aber ich glaube nicht, dass du dir jemals Gedanken über Geschenke gemacht hast."

„Klar kenne ich euch." Sharon reichte mir ungerührt ein schmales Päckchen im blauen Geschenkpapier. „Länger, als ihr denkt. Das ist für Peter."

„Und soll ich es gleich auspacken?" Meine Hände wurden mit einem Mal feucht. Ich riss das Papier auf, es kam eine Schachtel mit einem goldgedruckten Schriftzug zum Vorschein. Ich hob den Deckel an: ein Kugelschreiber.

Plötzlich zog es mir die Kehle zusammen.

„Weil du doch Journalist bist." Sharons aufgerissene blaue Augen lauerten auf jede Regung. „Du hast wahrscheinlich schon genug Kulis, aber ich dachte ..."

„Der ist perfekt." Ich nahm den Stift heraus. Ich benutzte alle möglichen Werbe-Kugelschreiber, die ich dutzendweise pro Woche verbrauchte, weil ich davon ausging, einen einzigen, wertvollen Stift sofort zu verlieren.

„Das ist für dich." Sharon legte Kathrin ein flacheres Päckchen auf den Schoß. Kathrin löste die Schleife, riss das Papier an den Kanten auf. Ein blauer Seidenschal glitt in ihre Hände, sie legte ihn sich um den Hals und sah mit einem Mal frischer und fröhlicher aus.

„Danke, Sharon. Der ist wunderschön. Bei so etwas sage ich selten die Wahrheit, aber den werde ich sicher tragen."

Sharon strahlte. Klaus grinste stolz.

„Ich hab auch was für eure Kinder vorbereitet." Sie deutete in die Ecke, in der noch Päckchen lagen, auf das größte der verbliebenen Pakete.

„Das Geschenk ist aber viel größer als unseres", sagte ich.

„Es ist ja auch eins für beide."

„Das sieht irgendwie schwer aus." Kathrin hob es hoch. „Sharon, was ist da drin?"

„Eine Überraschung." Sie lächelte geheimnisvoll.

„Das ist wirklich unfair. Wir sehen die Kinder vielleicht erst im neuen Jahr und werden uns jetzt die ganze Zeit den Kopf zerbrechen."

„Seid ihr wirklich so neugierig?"

„Natürlich!", rief Kathrin, und ich nickte zustimmend.

„Schatzi, ich find, du kannst sie ruhig reingucken lassen."

Sharon sah nachdenklich von einem zum anderen. „Ich hab's doch schon verpackt."

„Ich wickele es neu ein", sagte Kathrin.

„Ihr seid wie die Kinder." Sharon wirkte geschmeichelt.

„Also, dürfen wir?" Kathrin streckte die Hand aus. Sharon sah zur Decke, rechnete irgendetwas im Kopf nach und nickte.

Kathrin riss das Papier auf. Ich beugte mich vor. Klaus lehnte sich zurück, als wollte er uns damit extra Raum geben, das Geschenk in Ruhe in Augenschein zu nehmen. Kathrin zog die Papierschichten auseinander.

Vor uns lag ein in Leder gebundenes Fotoalbum. Kathrin legte die Hand darauf und zog sie wieder zurück. Ich spürte, wie ihr bange wurde.

„Ich weiß nicht, ob wir nicht lieber darauf warten sollten, bis wir allein ..."

„Jetzt mach schon auf", sagte Sharon. „Das Ding beißt nicht."

Kathrins Hand begann zu zittern. Ich schob sie sanft herunter und schlug die erste Seite auf.

Es waren viele Fotos, groß und gelbstichig, und wenn ich sie ansah, bekam ich eine Ahnung davon, dass Glück existierte oder zumindest irgendwann existiert hatte. Vielleicht war es nicht mehr da, unwiederbringlich verloren, jedenfalls für mich. Aber es war grundsätzlich in der Welt gewesen, und diese Aufnahmen zeugten davon.

Die Fotos zeigten vier Erwachsene und vier Kinder in unterschiedlichen Konstellationen. Die Kinder spielten Ball, fuhren auf Rollschuhen, bauten Sandburgen. Die Erwachsenen prosteten sich an einem gedeckten Tisch zu, umarmten sich und lachten.

Ich erkannte erst nach mehreren Seiten, dass einer der Erwachsenen ich war. Zuvor kamen mir die Kinder bekannt vor, und zwar ausgerechnet jene, die nicht meine waren. Ich erkannte Nick und Denise an der Körperhaltung, an ihren Schneeoveralls, ich erkannte die Landschaften, den Strand, den Schnee, als wäre das alles erst gestern gewesen. Nach und nach sah ich in den beiden anderen Kindern meinen Sohn und meine Tochter. Die fröhliche Frau, die diese Kinder und einen Mann umarmte, musste Kathrin sein.

Der Mann war dann wohl ich. Er war groß gewachsen und dick, trug bei alldem alberne, viel zu enge Hosen, gelbe Hemden, eine Sonnenbrille, die wie aus der heutigen Verkleidungskiste aussah. Mit frappierender Klarheit erkannte ich im zweiten Mann Klaus. Mir war nicht bewusst, wie viel schlanker Klaus früher gewesen war. Auf den Fotos wirkte er immer ein wenig abseits, sein Blick war von der Kamera abgewandt. Er schaute meist genau daran vorbei, in Richtung der Kinder und der Frau mit langem, blonden Haar, an deren Gesicht ich mich die ganze Zeit so dringend erinnern wollte. Nun hatte ich es direkt vor mir.

„Almut", sagte Kathrin heiser.

„Wie süß ihr mal gewesen seid", sagte Sharon.

„Du meinst, wie lächerlich?", fragte ich.

Klaus schwieg, immer noch zurückgelehnt, uns beobachtend, als wäre er unsicher, ob das Ganze wirklich eine gute Idee war. Ich beugte mich tiefer über das Album, es war ärgerlich, dass die Gesichter auf manchen Bildern zu klein waren. Ich blätterte weiter, entdeckte großformatige Porträts von jedem von uns, beschriftet mit Namen und Jahr. Bei meinem eigenen Bild verweilte ich am längsten, ich hatte offenbar gar nicht so hässlich ausgesehen, wie ich mich die ganze Zeit gefühlt hatte.

„Wie schön du auf den Fotos bist", sagte ich zu Kathrin.

„Wie überrascht du klingst", erwiderte sie.

Ich blieb länger bei Klaus' Porträt, auch wenn Kathrin bereits versuchte weiterzublättern. Ich suchte in seinem Gesicht nach Spuren von all den Dingen, die ich damals nicht geahnt hatte. War seine Ehe unglücklich? Wurde er von uns ignoriert und verspottet, wurde er nur wegen Almut geduldet, die alles zusammenhielt? Klaus' Blick in die Kamera war ernst und traurig, auch etwas, was ich damals nicht wahrgenommen hatte, vielleicht, weil ich mir nie die Mühe gemacht hatte, auf ihn zu achten.

Mein Blick wanderte einmal zu oft zwischen Klaus und seinem Foto.

„Denkt euch jetzt nicht zu viel", sagte er, als hätte er meine Gedanken gelesen. „Es war eine gute Zeit. Ich bin immer ein einfacher Mann gewesen, die Kamera hat mich nervös gemacht. War eher Almuts Sache."

„Almut hat viel fotografiert", flüsterte Kathrin.

„Deswegen ist sie so selten auf den Bildern. Guck, wie schön ich drauf bin."

„Du bist immer noch schön", sagte ich. „Und guck, ich bin darauf gar nicht so dick."

„Das warst du auch nie, das habe ich dir doch schon tausendmal gesagt."

Sie hatte mir das nie gesagt. Sie hatte mich immer und eindeutig für zu fett gehalten.

Wir blätterten um, rückten näher zusammen, unsere Schultern berührten sich.

„Sharon, wo hast du das alles her?"

Sie zuckte mit den Schultern. „Hab zu Hause die Schränke durchwühlt."

„Ihr habt das alles noch zu Hause?"

„Nicht mehr. Ich hab's digitalisieren lassen."

„Guck mal, wie die Kinder hier spielen."

„Aber Johanna zieht eine Schnute, die Jungs wollen sie wohl wieder nicht mitspielen lassen."

„Denise sieht zerkratzt aus."

„Erinnerst du dich an diese Eisdiele?"

Kathrin blätterte um. „Und schau, hier ist dieses Haus. Wir haben hier wirklich Silvester gefeiert. Es sind die gleichen Bilder an den Wänden. So viel Schnee!"

„Du mit einer Schippe, ich erinnere mich, du hattest danach Blasen an den Händen."

„Klaus hat mich ausgelacht, dass ich nie richtig körperlich gearbeitet habe", erinnerte ich mich.

Klaus schmunzelte. „Das weiß ich noch. Du hast dich angestellt."

„Wie kann es sein, dass du es noch weißt und ich fast gar nicht mehr?"

Er zuckte mit den Schultern. „Vielleicht hatte ich nicht viel anderes zum Erinnern."

Wir schwiegen verlegen. Sharon kam zu Klaus, setzte sich auf seinen Schoß, umschlang ihn mit den Armen. Ich merkte, wie Kathrin an meiner Seite verkrampfte. Auch ich fühlte mich sofort unwohl, starrte herunter auf das Album, ohne irgendwas zu sehen. Kathrin und ich schienen mit einem Mal eine Mischung aus Ekel und Faszination zu teilen, beide bemüht, dieses höchst merkwürdige Paar nicht anzuschauen, und dennoch immer wieder in ihre Richtung schielend.

„Wollt ihr eigentlich noch Kinder?", platzte es aus mir heraus. Kathrin machte ein ersticktes Geräusch und trat unter dem Tisch auf meinen Fuß.

„Ich dachte, das Thema hatten wir schon." Sharon sah von Klaus' Schoß ruhig in meine Richtung.

„Ich würd schon gern", sagte Klaus.

„Und ich sag ihm, ich bin zu alt."

„*Du* bist zu alt?", empörte sich Klaus.

Sie ist viel feiner, als sie aussieht, dachte ich. Sie will ihm nicht ins Gesicht sagen, wen sie hier wirklich für zu alt hält.

„Aber wäre es nicht total schön?", insistierte ich. „Ich meine, nichts schweißt ein Paar so zusammen wie gemeinsame Kinder."

„Das hab ich schon einmal gemerkt", sagte Klaus ohne jede Bitterkeit.

„Was ist in dich gefahren?" Kathrin sprach fast lautlos neben mir, kaum die Lippen bewegend.

„Ich will nicht, dass wir zusammengeschweißt sind", sagte Sharon. „Mir reicht es, wenn wir zusammen sind, weil wir uns mögen."

„Nur mögen?", hakte ich nach.

„Peter!" Kathrin legte an Lautstärke zu. „Was ist jetzt plötzlich los?"

„Ich meine, ist es nicht zu heftig für Sharon, wenn Klaus mit Almut so eine Vergangenheit hat und zwei Kinder und ein Album voller Erinnerungen? Da möchte man doch was Eigenes aufbauen."

„Vielleicht dürfen sie das selbst entscheiden?"

Wir sahen wieder gleichzeitig auf, direkt auf das Knäuel aus Armen und Beinen, das sich einen Stuhl teilte.

„Ich glaub, Sharon kommt zurecht", sagte Kathrin zu mir, als wären die beiden anderen gar nicht da. „Ich hab das Gefühl, sie und Klaus sind sehr glücklich."

„Ich hab eher das Gefühl", meldete sich Sharon, „dass es gar nicht um mich geht."

„Sondern?!" In Kathrins Stimme war wieder ein Anflug von Panik.

„Ach, keine Ahnung."

„Sag doch bitte, es interessiert mich."

„Nee, ich hab doch echt keine Ahnung. Ihr habt schon Recht, ich kenne euch nicht einmal richtig."

„Aber es liegt dir auf der Zunge."

„Ich will nix Falsches sagen."

„Das wäre doch nicht so schlimm."

„Klingt nach einer Sackgasse im Gespräch, Kathrin. Vielleicht sollten wir jetzt das Thema wechseln und lieber noch ein Spiel spielen." Ich klappte einen Tick zu laut das schwere Album zu.

„Nee, Sharon soll ruhig sagen, was sie gerade gemeint hat", beharrte Kathrin.

„Warum? Sie will es doch offensichtlich gar nicht", sagte ich.

„Weil du sie unterbrochen hast."

„*Ich* hab sie unterbrochen?!"

„Leute, ihr seid nicht ganz dicht", schaltete sich Klaus ein. „Bei euch stimmt irgendwas nicht."

„*Bei uns* stimmt irgendwas nicht?"

„Sharon hat sicher einen frischen Blick auf uns und kann ihre Beobachtungen teilen." Kathrins Beharren kam mir immer irrsinniger vor.

Sharon sah von einem zum anderen, erst irritiert, dann plötzlich voller Mitleid. Einmal öffnete sie den Mund und schloss ihn wieder. So unentschlossen hatte ich sie seit dem Moment des Kennenlernens nicht gesehen. Dann schien sie sich entschieden zu haben, und ihr Gesicht entspannte sich. Es war klar, dass sie nichts sagen würde.

„Ich glaube, ich muss an die frische Luft", sagte Kathrin und stand auf. „Wir haben hier den ganzen Sauerstoff weggeatmet."

„Es ist Nacht. Es ist kalt", sagte ich hölzern. „Außerdem ist Weihnachten."

„Egal. Ich muss mal kurz raus." Diesmal war klar, dass es nichts mit Klaus und Sharon zu tun hatte. „Vielleicht fahre ich auch ein bisschen mit dem Auto rum."

„Was ist in dich gefahren?"

„Und du tu schön weiter so, als ob du es nicht verstehst." Kathrin stellte ordentlich die Reisepantoffeln neben die Tür, zog die gefütterten Halbstiefel an.

„Klaus", sagte Sharon und zog ihn am Ärmel.

Er schreckte hoch. „Was? Ach so. Kathrin, ich begleite dich ein Stück."

„Nicht nötig, ich brauch einfach ein paar Minuten für mich allein."

„Ich werde dich sicher nicht allein gehen lassen", sagte Klaus.

„Lass dich begleiten", bat ich Kathrin leise.

„Danke für den Tipp." Sie sah an mir vorbei. „Fürsorglich wie immer."

Sie zog sich hastig an und schoss durch die Tür, gefolgt von Sharons Hund und dem deutlich langsameren Klaus, der seinen Fuß nur halb im Schuh hatte und im Gehen die Jacke anzog.

Als sie weg waren, sank ich zurück auf den Stuhl und sah Sharon an.

„Der längste Heiligabend aller Zeiten, oder? Hasst du das auch so wie ich?"

„Eigentlich nicht. Wie gesagt, ich liebe Weihnachten." Sharon stand auf und begann, das liegen gebliebene Geschenkpapier zusammenzuräumen und ordentlich zu stapeln.

„Was genau liebst du daran?"

Sharon zuckte mit den Schultern. „Den Tannenduft. Die Kerzen. Das gute Essen."

Ich atmete aus, erleichtert über ihre Oberflächlichkeit. „Nichts davon hatten wir heute."

„Ich konnte auch die Leute nie verstehen, die sich an Weihnachten unbedingt streiten müssen. Ich streite mich, wann ich will. Ich brauch da keine Feiertage zu."

„Manchmal denke ich, du bist schlauer als wir alle zusammen."

Sie lachte. „Nee. Das denkst du garantiert nicht."

„Sharon. Jetzt sag doch mal ehrlich. War mein Verhalten vorhin so offensichtlich?"

Sie zuckte mit den Schultern. „Keine Ahnung, was du meinst."

„Hat Klaus dir gesagt, dass du vorsichtig mit uns sein sollst?"

Sie überlegte. „Ja, schon, so was Ähnliches. Ich kann ja ziemlich direkt sein, und die Leute sind dann schnell gekränkt. Er hat gesagt, ihr seid empfindlich, ich soll euch Zeit geben und euch bisschen schonen. Aber ich kann nichts dafür, wenn ihr euch selbst zerfleischt. Ich bin so froh, dass mit mir nie ein Mann so umgegangen ist wie du mit Kathrin."

Mir stockte der Atem. „Wie ich mit Kathrin?"

„Jetzt hab ich schon wieder zu viel gesagt."

Und ich dachte, ich wäre besonders nett gewesen. Ich hatte mir selbst eingeredet, dass mein schlechtes Gewissen mich zu einem besseren, liebevolleren Menschen machte. Wenn das nicht reichte, dann wusste ich auch nicht.

„Ist es so offensichtlich?", wiederholte ich.

„Ja", sagte Sharon.

„Ich geb mir doch solche Mühe!"

„Vielleicht gibst du dir zu viel Mühe. Wenn du sie nicht ertragen kannst und eine andere liebst, dann zieh es halt durch. Man überlebt es, ich schwöre."

„Almut hat es nicht überlebt", sagte ich. „Vielleicht ist das die Strafe Gottes?"

„So ein Quatsch!" Sharon sprach es mit einer Überzeugung aus, für die ich sie für einen Moment von Herzen liebte. „Aber es macht einen krank, euch zuzuschauen, so viel Mühe gebt ihr euch miteinander, und es klappt ja doch nicht."

„Hast du es sofort gemerkt?", fragte ich.

„Nee, natürlich nicht. Erst dachte ich, deine Frau tickt meinetwegen aus. Und wegen Almut. Dann aber wurde mir klar, dass es den meisten Leuten nicht um uns, sondern um sie selber geht."

„Ich reiße mich doch so zusammen, verdammt!"

„Vielleicht reißt du dich zu sehr zusammen."

Ich drehte mich zu ihr. „Willst du damit sagen, ich soll es einfach tun?"

Sie lachte. „Ich soll dir sagen, was du zu tun hast?"

„Ja."

„Ist nicht dein Ernst."

Ich setzte mich wieder hin und drückte meinen Kopf mit den Händen zusammen. „Du kannst dir nicht vorstellen, wie es mich zerreißt. Ich hab dich gehasst in dem Moment, in dem ich erfahren habe, wie ihr wirklich zusammengekommen seid."

„Das haben wir alle gemerkt. Am Anfang warst du so erleichtert, mich kennenzulernen, weil du dachtest, dass unsere Geschichte dich weniger blöd dastehen lässt."

„Genau", sagte ich überrascht. „Der Mensch ist ein soziales Wesen. Verhalten ist ansteckend. Jemand, dessen Freunde übergewichtig sind, tendiert auch selbst zum Übergewicht, weil er es als eine akzeptable Norm empfindet. Jemand, dessen Freunde ihre langjährigen Ehefrauen und Mütter ihrer Kinder verlassen, fühlt sich beim eigenen Seitensprung weniger als ein Schwerverbrecher als jemand, der von heilen Familien umgeben ist."

„Interessant." Sharon gähnte. „Tut mir leid, dass ich es dir kaputtgemacht habe. Wer ist es denn? Und weiß Kathrin von ihr?"

Das Problem war, dass ich keine Ahnung hatte, wie viel Kathrin wusste. Manchmal hatte ich das Gefühl, dass ich meine Rolle sehr gut spielte und sie keinerlei Verdacht schöpfte. Es hatte Momente gegeben, in denen sie offen ihre Dankbarkeit und Zuneigung für alles, was wir zusammen aufgebaut hatten, aussprach: „Ich bin so froh, dass wir uns haben. Ich könnte es mir nicht vorstellen, ohne dich zu sein."

Wenn ich aber länger darüber nachdachte, kam mir auch das schon wieder verdächtig vor. Wollte Kathrin mir damit in Wirklichkeit sagen, dass sie alles wusste, mich aber bat, es weiter geheim zu halten, damit sie nicht gezwungen war, das Leben zu verlieren, das wir gemeinsam hatten?

In anderen Momenten war ich wiederum ganz sicher, dass sie alles wusste. Ich sah Angst und Hass in ihren Augen. Ich merkte, dass sie es vermied, Monicas Namen auszusprechen. Sie hatte es ohne ein Wort hingenommen, als ich sie gebeten hatte, nach einer anderen Putzfrau Ausschau zu halten, weil mir angeblich nicht gefiel, dass Monica mit den Möbeln nicht achtsam genug umging. Kathrin hatte keine weiteren Fragen gestellt, auch nicht angeboten, Monica noch einmal neu einzuweisen: Schon das hatte mich hellhörig gemacht und mir einen weiteren Grund gegeben, jede meiner Regungen besonders gründlich zu kontrollieren.

Dann gab es wiederum Augenblicke, in denen Kathrin spitze Bemerkungen machte, die sich wie Haken einbohrten und dazu gedacht schienen, mich zu provozieren, mich zu öffnen und alles preiszugeben, was ich so sorgsam versteckte. In diesen Momenten hasste ich Kathrin besonders, weil sie es mir so schwermachte. Ich hatte das Gefühl, dass ich für ihr Glück viel härter arbeitete als für mein eigenes.

„Wer ist es denn?", wiederholte Sharon gedehnt. „Ist das ein Geheimnis?"

„Wahrscheinlich nicht mehr", sagte ich. „Du wirst lachen. Es ist unsere frühere Putzfrau."

Sharon lachte. „Das passt."

„Wieso?"

„Männer wie du suchen sich immer Frauen aus, die sie eigentlich verachten."

„Ich verachte niemanden", sagte ich erschüttert. „Ich bewerte Arbeit nicht danach, wie qualifiziert sie ist. Monica war jetzt keine besonders gute ... Sorry, das tut nichts zur Sache. Jedenfalls respektiere ich jeden Menschen gleich."

„Klar", sagte Sharon.

„Ich meine es ernst!"

„Das ist der größte Unterschied zwischen dir und Klaus. Du bist ein Snob. Klaus ist bescheiden. Er würde nie solche Reden schwingen. Er hat mich auch nie als minderwertig behandelt."

„Ich hab dich auch nie ..." Ich hielt inne, weil Sharon mich offen auslachte.

„Ist sie denn schön? Deine Monica?"

„Nicht besonders", sagte ich. Ich fühlte mich wie ein Monster. Ich hatte gedacht, dass es mich zu einem besseren Ehemann machte, wenn ich möglichst abfällig über Monica sprach, erreichte damit aber nur das Gegenteil. Je mehr ich mir einredete, dass Monica ungebildet, faul und schlampig war, nicht einmal richtig schön, wenn ich mich an ihren Akzent zu erinnern versuchte, um ihn als abstoßend in meiner Erinnerung zu verankern, desto größer wurde das schwarze Loch irgendwo dort, wo ich mein Herz vermutete. Ich begriff nicht, wie ich eine Frau wie Monica, die ich in vielen Momenten nicht einmal besonders zu mögen glaubte, so schmerzhaft vermissen konnte. Mit jedem Versuch, etwas Unangenehmes an ihr zu finden, wuchs auch ihre Anziehung auf mich. Ich hasste meine Wankelmütigkeit, ich verachtete mich selbst für meine Schwäche, schlimmer noch, für meinen schlechten Geschmack. Von Anfang an war mir klar gewesen, dass ich mich mit jemandem wie ihr nicht auf der Straße zeigen könnte.

„Mein Gott, bist du schrecklich", sagte Sharon, die mich die ganze Zeit beobachtet hatte. „Hast du auf sie genauso herabgeschaut wie auf mich?"

„Ich hab auf dich nicht herabgeschaut!"

„Ach komm, ich war doch dabei! Das hat jeder gemerkt, selbst deine Frau hat sich für dich geschämt."

„Ich glaube nicht, dass du das alles richtig deutest."

„Du hast mich angeschaut und dir gedacht, was deine Freunde denken würden, wenn sie *dich* mit *ihr* sehen würden. Du hast Klaus bemitleidet. Du hast mich mit dieser armen Frau verglichen und dich gefreut, dass ich dir noch schlimmer vorkam."

„Das ist überhaupt nicht wahr."

„Meinetwegen", sagte Sharon leichthin. „Woher soll ich es auch wissen?"

Sie hatte in der Zwischenzeit die Wohnküche komplett aufgeräumt und sah auf die Uhr. „Glaubst du, sie kommen irgendwann wieder?"

„Vielleicht erzählt Kathrin Klaus gerade ihre Sicht der Dinge."

„Das soll sie ruhig", sagte Sharon. „Klaus ist ein guter Zuhörer. Danach geht es einem immer besser, der schafft es immer, Leute aufzubauen."

„Klaus schafft es, Leute aufzubauen?!"

Plötzlich glaubte ich ihr. Schließlich musste es auch einen Grund haben, warum Almut ihn bis zum Schluss an ihrer Seite haben wollte. Mit einem Mal konnte ich es mir richtig vorstellen.

Vielleicht war aber auch niemand sonst für sie da. Plötzlich wusste ich, wovor Kathrin so eine Angst hatte. Ich hatte sogar eine Idee, wie ich sie ihr nehmen könnte.

„Rufst du Klaus an oder ich meine Frau?," fragte ich. „Ich mach mir langsam Sorgen."

Sharon trat an die Glastür heran und blickte hinaus in den Garten. „Musst du nicht. Sie sind da."

Sie kamen herein, leicht durchnässt, mit vereinzelten Schneeflocken in den Haaren und Augenbrauen. Klaus half Kathrin aus dem Mantel. Sie wirkte verfroren und verloren in ihren Gedanken. Ich versuchte erst in ihrem, dann in Klaus' Gesicht zu lesen, worüber sie sich unterhalten hatten. Klaus schaute mir arglos wie stets entgegen, ich entdeckte keine Spur von Vorwurf, Kritik, Verurteilung. Plötzlich spürte ich ein warmes Gefühl, ihm irgendwann, hoffentlich bald, Einzelheiten erzählen zu können, die mir vor Sharon peinlich gewesen wären. Vor Klaus würde ich mich auf eine ganz andere Art schämen und mich danach vielleicht endlich befreit fühlen.

Kathrin ging an mir vorbei zur Küchenzeile, holte ein Glas aus dem Küchenschrank, schenkte sich Leitungswasser ein und leerte es in einem Zug. Ich trat hinter sie, legte ihr die Hand auf die Schulter.

„Wollen wir vielleicht nach Hause fahren?"

Sie überlegte kurz und schüttelte dann den Kopf.

„Oder einfach irgendwohin? An die Küste?"

Wieder Kopfschütteln.

„Dann gehen wir jetzt einfach ins Bett, okay?"

Sie nickte und bewegte ihre Schulter so, dass meine Hand herunterrutschte.

„Gute Nacht", sagte ich zu Klaus und Sharon und hielt meiner Frau die Schlafzimmertür auf.

Ich war davon ausgegangen, dass wir jetzt reden würden. Kathrin war normalerweise eine Anhängerin der Idee, dass alles besprochen gehörte. Sie wurde nicht müde, einen Sachverhalt so lange zu erörtern, bis alle genervt abschalteten. Ich vermutete, dass es ihre Strategie im Berufsleben gewesen war, die ihr trotz fehlender Talente eine in meinen Augen doch überraschende Laufbahn ermöglicht, wenn auch nicht gerade zu ihrer Beliebtheit bei den Kollegen beigetragen hatte.

Ich selbst hasste es, wenn irgendeine Bemerkung von mir, die Kathrin flüchtig schlechte Laune gemacht hatte, mit einer zeitlichen Verzögerung auf ihren verbalen Obduktionstisch kam. Es passierte nie spontan, sondern erst dann, wenn Kathrin sich eine Argumentationsstrategie zurechtgelegt hatte. Anfangs hatte ich noch versucht, hier und da nachzuhaken und sie auf Ungereimtheiten und logische Fehler hinzuweisen. Es hatte jedes Mal zur Folge, dass sich das Gespräch unerträglich in die Länge zog. Kathrin war selten in der Lage, auf Einwände spontan zu reagieren, und stellte sie, wie sie es formulierte, „vorläufig zurück", um wenig später zu ihnen zurückzukehren. Ich hatte da meist schon vergessen, was ich überhaupt zu meiner Verteidigung gesagt hatte, und ärgerte mich nur noch mehr – meine eigenen Worte, von Kathrin zitiert, kamen mir böswillig verdreht vor. Es hatte Jahre gedauert, bis ich gelernt hatte, einfach den Mund zu halten und sie reden zu lassen. Erst machte der Mangel an Widerspruch sie misstrauisch, manchmal auch aggressiv. Sie begann, Einwände gegen die eigenen Argumente zu formulieren, um sie dann gleich zu entkräften, verstrickte sich in Widersprüche im Selbstgespräch, entwickelte unglaubliche Komik (was ich mir nicht hatte anmerken lassen dürfen), brach irgendwann frustriert ab. Von Zeit zu Zeit wurde ihr Bestreben, verbale Verletzungen, die andere Menschen – vor allem ich! – ihr zugefügt hatten, auseinanderzunehmen und eine Kompensation zu verlangen, zu meiner Erleichterung merklich schwächer.

Dass Kathrin über etwas, was sie beschäftigte, nicht sprechen wollte, war bislang noch nicht vorgekommen. Es machte mich gleichzeitig rasend und demütig. Mit einem Mal verstand ich, wie sie sich gefühlt haben musste, wenn ich mich weigerte, mit ihr zu reden. Wenn ich schlechte Laune hatte und mich dann einfach abwandte, vor allem, wenn sie der offensichtliche Grund meiner schlechten Laune war. Ich hatte jetzt Lust, sie an den Schultern zu packen und zu schütteln, bis aus ihr eine Erklärung herausfiel, an die ich anknüpfen konnte.

Kathrin zog mit dem Rücken zu mir ihr Nachthemd an und schlüpfte unter die Bettdecke.

„Gute Nacht, Peter." Ihre Hand streckte sich nach dem Schalter der Nachttischlampe.

„Warte", rief ich. „Sprich mit mir. Wo wart ihr gewesen?"

„Wir sind ein bisschen mit Klaus' Auto herumgefahren. Sind bis zu einer Tankstelle gekommen, haben dort eine Schorle getrunken."

„Und geredet?"

Sie überlegte. „Ein wenig. Wieso?"

„Worüber?"

„Alles Mögliche. Beziehungen."

In meiner Brust zog sich alles zusammen. „Seine oder unsere?"

„Keine Ahnung, beides. Allgemein."

„Und ist er glücklich?"

Sie lag immer noch mit dem Rücken zu mir. „Sieht man doch."

„Und wir?"

„Was?"

„Sind wir glücklich?"

Sie drehte sich zu mir. „Sag du es mir."

„Ich bin sehr glücklich", sagte ich. „Ich bin glücklich mit dir."

„Hm", sagte sie. „Das hast du mir noch nie gesagt. Noch vor einem Jahr hätte ich alles dafür gegeben, es einmal von dir zu hören."

„Das kann nicht sein", sagte ich. „Natürlich hab ich es schon mal gesagt. Öfter sogar."

Die frühere Kathrin hätte jetzt angefangen zu diskutieren. Sie würde mir unbedingt beweisen wollen, warum ich diese Worte noch nie in den Mund genommen hatte. Aber jene Kathrin, die gerade eine Spritztour mit unserem alten Freund Klaus unternommen hatte, zuckte wieder mit den Schultern.

„Okay. Du wirst es wissen."

„Du zuckst bisschen viel mit den Schultern", sagte ich. „Weißt du noch, wie uns das an Johanna aufgeregt hat? Sie hatte eine Phase, da hat sie eigentlich nur übers Schulterzucken kommuniziert. Du hast es noch mehr gehasst als ich."

Kathrin lächelte kurz. „Dass du das noch weißt."

„Ich weiß noch ganz viel", sagte ich. „Natürlich ist meine Erinnerung löchrig. Aber die wesentlichen Dinge sind da. Manchmal kommen auch Sachen hoch, von denen ich dachte, dass ich sie vergessen habe."

„Du hast schon lange nicht mehr so viel geredet", sagte Kathrin. „Was hat sie mit dir gemacht?"

Ich spürte eisige Kälte zwischen den Rippen. „Wer?"

„Wer wohl? Sharon!"

„Ach so. Keine Ahnung. Bin ich plötzlich so anders?"

Kathrin zuckte mit den Schultern, wurde sich dessen bewusst und musste lachen.

„Magst du sie?"

„Wen?"

„Mein Gott, Peter. Über wen reden wir gerade? Sharon."

Ich überlegte. „Ja", sagte ich schließlich. „Ich mag sie, sehr sogar. Viel mehr als am Anfang."

„Findest du sie attraktiv?"

Ich überlegte nochmal und entschied mich dann, so ehrlich zu sein wie nur möglich. „Klar", sagte ich. „Sie hat schon so eine Art Sex-Appeal. Am Anfang fühlte ich mich etwas abgestoßen, aber mit der Zeit hab ich mich dran gewöhnt. Ihre Art steht ihr. Und sie ist irgendwie so entwaffnend aufrichtig. Und sie hat Energie."

„Mehr als ich, oder?"

„Keine Ahnung", sagte ich. „Auf jeden Fall mehr als ich."

„Erinnert sie dich nicht ein wenig an Monica?"

Nur vereiste mein Herz tatsächlich. Ich spürte jeden Schlag, ich hatte das Gefühl, dass es der letzte sein könnte, so empfindlich und zerbrechlich kam mir alles in meinem Brustkorb vor.

„Ich find die beiden nicht besonders ähnlich", sagte ich. „Sharon ist blond ..."

„Blondiert."

„Echt? Wusste ich nicht. Jedenfalls ist Sharon irgendwie anders. Sie ist selbstbewusster, Monica ist eher schüchtern und unsicher." Ich hoffte, dass der Präsens mir nicht das Genick brechen würde. Kathrin schwieg, also redete ich weiter: „Oder meinst du die Klamotten? Ich kann so was schwer beurteilen, ich achte nicht so drauf, du bist doch die Frau von uns beiden."

„Ich glaub dir nicht", sagte Kathrin.

„Was?"

„Dass du nicht drauf achtest."

„Okay, ich nehme es schon zur Kenntnis, aber ich analysiere es nicht. Vor allem kann ich mich nicht erinnern. Ich nehme es eher als Gesamtheit war."

„Okay, okay." Sie lächelte. „Akzeptiert."

„Willst du noch was wissen? Mit wem soll ich Sharon noch vergleichen?", fragte ich mit tauben Lippen.

Kathrin sah mir in die Augen. Ich wandte den Blick nicht ab.

Frag mich endlich, dachte ich. Stell die direkte Frage. Ich werde die Wahrheit sagen. Denn wenn du mich das fragst, dann weißt du es erstens sowieso, und zweitens hast du dich dann eigentlich schon entschieden. Ich will nicht derjenige sein, der diesen Krampf endlos aufrechterhält. Ich werde dir das sagen, worauf du in meinen Augen Anspruch hast, und ich werde anschließend die Konsequenzen tragen. Ich werde dafür sorgen, dass du gut dastehst. Ich werde das Arschloch sein, die Rolle ist mir vertraut. Ich werde dir öffentlich hinterherweinen. Du wirst Genugtuung empfinden dürfen.

Vielleicht kann ich auf diese Art und Weise meine Seele zurückkaufen.

Kathrin schwieg.

„Also?", hakte ich nach.

„Was?"

„Hast du noch mehr Fragen an mich?"

Sie gähnte und bedeckte den Mund mit der Hand.

„Wollen wir nicht einfach schlafen? Morgen weiterreden?"

„Nein!", rief ich. Die Vorstellung, dass das Gespräch morgen oder übermorgen weitergehen könnte, machte mich fertig. Wieder fiel mir ein, wie Kathrin immer wieder versucht hatte, mit mir abends im Bett etwas Dringendes zu diskutieren, und ich einfach zu müde und zu gleichgültig war. Mein Schlaf war mir heilig, es machte mir nichts aus, mich auf die andere Seite zu drehen, mit dem Rücken zu ihr, und einfach einzuschlafen, während sie sich die halbe Nacht wälzte und an unausgesprochenen Worten herumwürgte.

„Du kannst doch jetzt nicht einfach einschlafen!", sagte ich zu Kathrin.

„Ich hab doch schon die Nacht davor kaum geschlafen. Ich bin hundemüde."

„Aber wir haben noch gar nicht fertig gesprochen."

„Was gibt es denn jetzt so Dringendes?"

„Ich hab das Gefühl, du hast was auf dem Herzen."

„Was ist plötzlich los mit dir?"

„Wenn du mich jetzt nicht alles fragst, was du wissen willst, werden wir nie wieder darüber sprechen", sagte ich. „Jetzt oder nie."

„Du bist verrückt. Was hat Sharon mit dir gemacht?"

„Vielleicht hat sie mir ein wenig von meiner Feigheit genommen."

„Sie soll sie dir zurückgeben." Kathrins Gähnen war fast schon unanständig.

„Kathrin."

„Gute Nacht."

„Bitte bleib bei mir", sagte ich. „Wenn du es jetzt versprichst, gilt es für immer."

„Du bist wie ein kleines Kind", sagte Kathrin und versuchte, sich auf die andere Seite zu drehen. Ich fasste sie an den Schultern und drehte sie zurück.

„Ich krieg deinetwegen noch ein Magengeschwür. Sag's mir jetzt."

„Was?"

„Dass wir zusammenbleiben, bis dass der Tod uns scheidet."

„Wie Almut und Klaus?"

„Nein! Richtig zusammen. Versprich es mir."

„Du spinnst", sagte Kathrin. „Okay, ich verspreche es. Wo soll ich auch sonst hin."

Eine Welle der Erleichterung überflutete mich. Ich ließ Kathrin los und fiel auf den Rücken, schickte einen stummen Dank in Richtung Zimmerdecke. Sie schlief innerhalb von Sekunden ein.

Am nächsten Morgen verschliefen wir alle. Wir trafen uns gegen Mittag am Frühstückstisch, den Sharon noch im Schlafanzug gedeckt hatte. Der Schneeregen hatte aufgehört, durch aufgerissene Wolken schien schwächliche Wintersonne. Ich hatte Kathrin im Bett beim Aufwachen gefragt, wie lange sie noch bleiben wollte. Ich hätte nichts dagegen gehabt, sofort ins Auto zu steigen, von einer plötzlichen Sehnsucht nach unserer Wohnung ergriffen.

„Wäre doch nett, noch ein bisschen zu bleiben", sagte Kathrin.

„Okay, ganz wie du willst." Ich spürte eine leichte Gereiztheit aufsteigen.

Am Tisch wurde entschieden, diesmal einen Spaziergang über die Felder zu unternehmen. Die Windräder standen still, hier und da waren im Matsch Flecken verspenkelten Grüns zu sehen. Der kleine Hund rannte direkt über das Feld, Klaus pfiff ihn zurück: Die Bauern sähen es nicht ganz so gern.

„Und du kochst also für uns heute?" Diesmal war Sharon bei Klaus untergehakt und Kathrin direkt neben mir, ohne mich zu berühren, aber für meinen Geschmack fast schon zu nahe.

„Ich?", fragte ich zurück. „Klar. Mach ich immer."

„Ich kann nicht kochen", sagte Klaus.

„Jeder kann kochen", wandte Kathrin ein.

„Das ist aus *Ratatouille,* oder?", fragte Sharon.

„Klaus kann jedenfalls nicht kochen. Er kann andere Dinge."

Mein Gespräch mit Kathrin, das sich noch am Vorabend so existenziell angefühlt hatte, schien mir jetzt fern und vergleichsweise belanglos. Auf einmal verstand ich, wie schnell Erinnerungen verblassen, sobald etwas an Dringlichkeit verlor. Meine gestrige Verzweiflung kam mir übertrieben, fast schon ausgedacht vor. Ich ärgerte mich, Andi Müllers Nummer gelöscht zu haben. Nicht, dass ich so schnell wieder anrufen würde, aber ich wollte zumindest die Möglichkeit haben. Ich versuchte mich zu erinnern, ob die Nummer noch auf irgendeinem Zettel in unserer Küche war, an den Kühlschrank gepinnt, mit Monicas runden Mädchenbuchstaben. Gestern war ich so sicher, dass ich keinen einzigen Gedanken mehr an sie verschwenden würde. Aber gestern hatte ich auch noch Angst gehabt, dass Kathrin mich verlassen würde.

Jetzt, wo ich mich in meinem Leben sicher fühlte, kam mir meine Entscheidung, Monica aus dem

Telefon und den Gedanken zu tilgen, maßlos übertrieben vor. Ich fragte mich, was sie gerade machte, ob sie über die Feiertage zu ihrer Familie gefahren war, ob sie gerade glücklich war, wie weit sie eigentlich in ihrem Studium war, das sie sich mit Putzjobs finanzierte.

„Was denkst du?", Kathrin hakte sich bei mir ein und sah mir von schräg unten ins Gesicht.

„Ich will nach Hause", sagte ich leise, unsere Kühlschranktür mit den Magneten vor Augen. „Mir ist es zu voll hier."

„Lass uns doch noch ein bisschen die frische Luft genießen."

„Machen wir ja. Wenn es dich glücklich macht."

„Danke." Sie stellte sich auf Zehenspitzen und drückte mir mit eisigen Lippen einen Kuss auf die Wange. Ich fühlte mich wie ein Hund, dem man ein Leckerli hinwirft.

Andi Müller rief an, als wir gerade unsere Kisten und Reisetaschen ins Auto packten. Ich hatte vergessen, das Telefon nach dem Gespräch mit den Kindern stummzuschalten. Sharon hatte uns Brote für den Heimweg vorbereitet, und diese mütterliche Geste rührte und amüsierte mich zugleich.

„Dein Telefon klingelt", sagte Kathrin.

„Später", sagte ich, während ich versuchte, ohne hinzugucken den Anruf zu unterdrücken. Es gelang mir einige qualvolle Augenblicke nicht. Sharon stand daneben und grinste mir ins Gesicht.

„Wer war das?", fragte Kathrin.

„Arbeit bestimmt."

„Willst du nicht draufschauen?"

„Doch, mach ich, später. Wollen wir erst in Ruhe Tschüss sagen?"

„Wir haben es nicht eilig", sagte Sharon.

Biest, dachte ich und schlug den Kofferraum zu.

Klaus umarmte erst Kathrin, dann mich. Dabei hatte er Tränen in den Augen.

„Grüß Denise und Nick von uns, okay?" Kathrin klang verschnupft und ein wenig verlegen, als würde sie ihn um einen riesigen Gefallen bitten.

„Vielleicht schaffen wir es, mal wieder was zusammen mit allen Kindern zu unternehmen, wie früher?" Das war meine Rache für Sharons Grinsen, doch sie traf vor allem Klaus.

„Ich glaub, das wird so schnell nix", sagte er traurig.

„Das wird schon", tröstete ihn Sharon. „Das kriegen wir hin, versprochen."

„Ja?", fragte Klaus hoffnungsvoll, und sie nickte ernst.

Das Telefon klingelte wieder, als ich schon am Steuer saß und Kathrin sich anschnallte. Klaus und Sharon standen am Zaun und winkten, obwohl ich gerade erst dabei war, das Navi einzurichten. Kathrin griff in meine Tasche und angelte das Telefon heraus.

„Was machst du da?"

„Vielleicht ist was mit den Kindern?"

„Sie sind erwachsen, Kathrin!" Ich entriss ihr mein Smartphone eine Spur zu heftig. Was für ein Glück, dass ich den Eintrag im Adressbuch gelöscht hatte – auf dem Display war jetzt nur die Nummer zu sehen. Natürlich erkannte ich sie sofort wieder. Ich hätte sie nicht aus dem Gedächtnis wählen können, aber ein Blick reichte für Herzklopfen.

„Kenn ich nicht", sagte ich und unterdrückte den Anruf. „Hat aber schon paarmal angerufen. Irgendein Werbe-Scheiß."

„Soll ich zurückrufen?"

„Auf keinen Fall. Sonst wird man die nie wieder los."

Ich wendete das Auto. Klaus und Sharon winkten eisern weiter.

Das Telefon klingelte, Kathrin griff schon wieder danach.

„Schon wieder diese Nummer. Vielleicht doch wichtig."

„Mein Gott, Kathrin. Es ist immer noch mein Telefon."

„Die Nummer hab ich schon irgendwo gesehen."

Ich entriss es ihr erneut, drückte unauffällig auf „Ablehnen", hielt das tote Handy ans Ohr. „Wer ist das? Wenn Sie hier nochmal anrufen, melde ich die Nummer der Polizei!"

Kathrin schaute aus dem Fenster und winkte, ich blockierte die Nummer schnell, legte das Telefon offen zwischen uns.

„Wenn man die Augen zukneift, könnte man sich vorstellen, dass da Almut neben Klaus steht", sagte Kathrin. „Geht's dir auch so?"

„Du weißt doch, dass ich gesichtsblind bin. Ich könnte Almut und Sharon höchstens an diesen pinken Strähnen auseinanderhalten."

Kathrin legte die Hand auf meine, was mir das unangenehme Gefühl gab, dass sie mich beim Bedienen der Gangschaltung steuerte. Ich ließ mir nicht anmerken, wie sehr mich das nervte.

„So lange du mich noch von anderen Frauen unterscheiden kannst, ist alles gut. Kannst du doch, oder?", fragte sie.

Das Telefon lag stumm zwischen uns. Im Rückspiegel winkten Klaus und Sharon.

Alina Bronsky, Jahrgang 1978, geboren in Swerdlowsk/ Sowjetunion, lebt seit den Neunzigerjahren in Deutschland. Für ihre Romane wurde sie für verschiedene Preise nominiert, 2015 u. a. für den Deutschen Buchpreis, und vom Publikum und der Literaturkritik gefeiert. Sie lebt in Berlin.

Jana Hensel

**Der Weihnachtsmann
und ich**

112 Seiten | 11 x 18 cm
Hardcover
ISBN 978-3-96038-207-2
EUR 12,00 [D]

Es war nicht mehr als eine blasse Kindheitserin-
nerung: Vor vielen Jahren war sie mit ihrem Vater
an Heiligabend losgezogen, um Geschenke in der
Nachbarschaft zu verteilen. Sie als Wichtel, er als
Weihnachtsmann. Als sie nun für ihren kleinen Sohn
selbst den Weihnachtsmann spielen soll, wird die
turbulente Vorweihnachtszeit zu einer Reise in die
Vergangenheit – an Kindheitsjahre in Leipzig und an
das Weihnachtsfest 1989, von dem an alles anders
werden sollte.

EVANGELISCHE VERLAGSANSTALT
Leipzig www.eva-leipzig.de

Tel +49 (0) 341/ 7 11 41-44   shop@eva-leipzig.de

Rainer Moritz

Fräulein Schneider und das Weihnachtsturnier

122 Seiten | 11 x 18 cm
Hardcover
ISBN 978-3-96038-255-3
EUR 12,00 [D]

Fräulein Schneider, eine resolute, weißhaarige End-
sechzigerin, ist allein. Doch jedes Jahr an Heiligabend bekommt sie Besuch von Konrad, dem Sohn eines ehemaligen Kollegen. Er wundert sich insgeheim
über die Lamettaberge auf ihrer seltsamen Weih-
nachtsfichte sowie über die fürchterlich schmecken-
den Weihnachtsplätzchen – und wird von Fräulein
Schneider genötigt, mit ihr Tischfußball zu spielen.
Denn Fräulein Schneider liebt Fußball. Ein alljähr-
liches Weihnachtsritual, das sich ausweitet und immer kuriosere Formen annimmt ... Eine zauberhafte
Weihnachtsgeschichte, voller Gefühl, Humor und
überraschender Wendungen.

EVANGELISCHE VERLAGSANSTALT
Leipzig www.eva-leipzig.de

Tel +49 (0) 341/ 7 11 41-44   shop@eva-leipzig.de